갈문리의 아이들

갈문리의 아이들

김진경 시집

문학동네

自序

참 눈이 많이 왔다.

산에서 내려오는데 눈 쌓인 잣나무 가지 늘어져 길을 막는다.

비켜 갈까 아니면 기어서 늘어진 나뭇가지 밑으로 기어 지나갈까 망설이는데

그까짓 것 뭐 어때 하듯

잣나무가 늘어진 제 팔을 뚝 꺾어버리고 껄껄 웃는다.

흰 눈을 홈빡 뒤집어썼다.

마음속까지 서늘해온다.

비켜 갈까 기어갈까 한껏 옹졸해져 있는 나에게

잣나무가 한바탕 농담을 던진 것이다.

제 팔을 미련 없이 꺾어버리는 용기 없이

어찌 이런 농담이 가능하랴.

시는 이 잣나무가 던진 한바탕의 농담 같은 게 아닐까?

첫 시집의 원고를 읽는 것은 오래된 농담을 듣는 것

이다.

지금 보면 또 옹졸한 구석이 있지만 그때는 제법 진지한 농담이었다.

요즈음은 시들이 한없이 옹졸해져 현실의 농담조차 못 따라간다.

적국의 원수가 만나 포옹한 남북정상회담이야말로 세기의 농담이 아니고 무엇인가?

현실의 농담조차 넘어서지 못한다면 시는 밀실에 갇히고 말리라.

새 밀레니엄이 진짜 시작된다는 2001년 세모

한바탕 걸판진 농담을 시작해야겠다.

눈이 참 농담처럼 많이 내린다.

2001년 1월 9일 치악산 자락에서
김진경

차례

自序

불안

나뭇가지에 불빛이 몇 개 걸린다.
아이들이 떠드는 소리.
마을들이 어둠 속으로 가라앉는다.
어두운 눈을 껌벅이며 서성대는 사람들

흰 모르모트의 떼들이 숲속을 갉는다.
핏자국처럼 눈 사이로 드러나는 대지
무너진 풀섶에서
아름다운 육체가 일어선다.

조상(彫像)들이 굳은 얼굴로 묘지를 서성대고
잠자리에서 소년이 큰 눈을 뜨고
어둠 속을 응시한다.

사슴 앞에서의 독백

1

갈색 반점은 그들의
근육 위에서 꿈틀거린다.
살아 있다는 문자(文字).
그들은 유연하게 걷는다.
철망을 통해 갈라진 몸뚱이.
그들은 구경꾼들에게 눈을 돌린다.
사람들도 수백의 알지 못하는 무늬.
철망은 바라보는 서로의 눈길을 차단한다.
그리고 그들이 돌아설 때의
가벼운 발걸음,
자신만의 웃음 속에서
가득 찬 보물을 내려놓듯이
땅 위에 찍어놓은 발자국.
좁은 우리 속에서 갇혀, 그들은
가지 못하는 유성에 발을 디딘다.

2

그들을 둘러싼 이 구경의 무리.
도시 주변의 가난처럼 무거운,
있음의 둘레에 널려진 가벼운 것들.
사람들은 휴식의 담배를 권한다.
오랜 방황 속에서
인간들이 친해온 무언가를
그들 앞에 내려놓는다.

3

사슴들은 응한다, 진지하게
사람들의 어리석은 장난에.
갈색의 털끝에 검고 촉촉한 코.
코를 조금씩 움직이며, 움직이며
사람들이 내놓은 고뇌가 무엇인가
냄새 맡는다.
그리고 씹어본다.
그들이 돌아서서 햇빛 속을 사라져갈 때,

그들의 귀는 깊이 생각하는 듯, 잠깐 반짝인다.

4

그들은 햇빛 속에 돌아서서
응시한다, 사물의 그림자 속을.
빛을 지닌 듯 환한 어린이의 얼굴이며
점점 추락해가며
쭈글쭈글해진 얼굴들은 흔들리며
그들의 열린 눈망울 속에 어둠으로 비친다.

5

그들은 허전한 담배의 입맛 속에서
도시의 풍경을 떠올린다.
그들이 숲으로부터 오기 위해 지나온
많은 숲의 기억들.
도시 속에서 그들은 숲의 나무들처럼, 건물들이
중얼거리는 것을 들으려 했다.

다만, 들려온 것은 헐벗은 것들의 마찰음.

사슴들은 철망 속 깊이 숲을 세우고 있었다.
빼앗긴 초록의 옷들을, 그들은
가슴 깊이 접어두는 법을 배웠다.
그들은 자신의 속에서
오로지 귀기울였다.

6

지금은 노을이 내리고
사람들은 모두 돌아간다.
어깨 너머로 부서지는 도시.
도시가 잠적해가는 자취 위에
금빛 나무로 솟는 소리들.
나는 본다,
그들의 평화가 일어서는 것을.
그들의 앞에서 철망은
어둠의 힘살처럼 녹고 있다.

겨울 숲

숲은 깊이 잠들어 있다.
불안한 눈으로 깨어나는 짐승들
풀잎의 길을 따라 누군가의 발자국이 걷는다.
멀리 풀잎들의 마을에서 켜지는 어둠
오직 짐승들만이 그곳에서 듣고 있다.

들에서 타고 있는 누군가의 주검
빨리빨리 겨울의 얼어붙은 하늘로
사람들이 걸어간다.
가장 큰 어둠으로 흔들리는 나무
파랗게 누군가 나무에 불을 지른다.
바람이 뜨겁게 소리를 지르며
달아나 늪을 태운다.
늪에선 누군가 추운 모습으로 일어서고,

누군가의 발자국이 숲속을 걷는다.
짐승들 사이에서 조용히 엎드려 울다가
얼굴을 안고 일어선다.
짐승들의 눈 속에서 나무들이 솟고,
빨리빨리 겨울의 얼어붙은 하늘로

걸어가는 사람들
그림자들이 숲속을 지나며 불안스레 두런거린다.

밤에선 부엉이가 울고
다시 한번 그를 흔들어 재우는 죽음
얼굴이 혼자서
부엉이 울음을 따라 숲으로 가고
숲에서는 불안스레 서성거리는 그림자들
오랜 슬픔 속에서
누군가의 발자국이 걸어나온다
그가 깨어나서 다시 한번 숲의 어둠 속을 들여다보고 있
다.

행인(行人)

나직이 피 끓는 외로움으로
누군가 휘파람을 불고 간다.

하늘 높이 밀리는
새털구름.

오래인 옛날
죽음으로 섰던 자리.

누군가 휘파람만 불고 간다.

밤 성경(聖經)

내 뜨거운 이마 위로
조용히 읊조려지는 성경 소리
속에서 바람이 하나 하얗게 삭고
아브라함도 모세도
올해의 마지막 나뭇잎처럼 떨어지는
어둠의 몇 구절에 나는 깨어 있다.
하느님 하느님 우리 어머니의 하느님
떠나오는 마당에 당신을 묻고
방랑같이 외로운 나의 목숨은 울고 있었나니
나의 멸망처럼 지키던 목숨마저 버리고
떠날 수만 있다면 떠나만 간다면

밤

지는 잎의 마지막 한순간을
나는 지켜보고 싶다
다 잠든 한밤에도
어두운 공중으로 바람이 불고
하늘의 끝으로 누군가 몰려간다.
순간마다 나는 나를 떠나 보내고
떠나간 내가 이윽고
세계의 끝을 향해 걸어가고 있다.

엉겅퀴

어리숙히 풀들 중에 키가 큰
그 녀석은
들녘의 어디에나
엉성한 꽃잎의 성(城)을 만들고

성 속엔 계집의 살내음이나
봄의 미친 듯한 땅냄새

그 꽃잎 속을 들어가면 내가
어지러워

나는 내 목숨의 성을 만들고
가을 하늘 푸른 하늘에
자꾸만 머쓱하게 눈물이 나와

모슬포에서

다 쏟아낸 슬픔 뒤에도 남는 것은
보석같이 단단한 나의 슬픔
잘 비친 슬픔 속엔
푸른 길이 있고
푸른 길을 걸어가는 나의 뒷모습
슬픔같이 단단한 마음 위로
꿈인 양 나뭇잎이 하나 떨어져 잠긴다.

이사

끊어진 전깃줄 사이로
바람이 지나가며 웅얼거렸다.
촛불이 흔들리고
방 안의 모든 그림자들이 끄덕거리며
잠 속의 금강경을 읽고 있었다.
높았다 낮았다
독경 소리 사이로 희끗희끗 내리는 눈발
눈을 맞으며 나의 혼이 하나 떠나가고 있었다.

제주도

1

바다 안개를 빨아들이는 나뭇잎의 어둠은 깊었다.
어둠 속에 번득이는 낚시를 들고 우리는 바다로 갔다.
낚시에 걸려오는 그림자.
막소주에 취해 흔들리는 어둠을 보며
귤나무밭을 돌아 우리들은 걸어갔다.
나뭇잎 속에도 땅속에도 살아 있는 우리의 죽음이
검은 나뭇잎 속에 변색된 살갗을 드러내고
노랗게 익은 감귤 속에선 불길이 이글거리고
끌리는 쇠사슬 소리.
우리는 열매들을 후려서 주머니에 넣고
입 속에 깨물고 새큼한 입맛으로 번지며 커져오는
한라산의 깊은 그늘 속으로 빨려들었다.
그때 불어오는 바람.
그림자의 관목 숲 정적에 화다닥 불붙이고,
등에서 꿈틀거리는 열기
우리는 멈추어서 식어가는 땀만큼 비어가는 자신을
확인하며 바다로 갔다.

2

불빛 주위에서 어둠은 무너지고 있었다.
빛 속으로 무한히 빨려들어가는 어둠.
빛의 금빛 바구니는 비어 있었다.
어둠 속에서 우리는 끝없이 우리를 끄집어내고.
그래도 끝없이 일어서는 우리의 그림자.
그림자만큼 아픔으로 가슴을 채워
우리는 울고 있었다.
그때 우리의 가슴을 스치며 사라져가는 무수한 고기떼들.
해초숲 사이에서 반짝여오는 그것들 비늘의 반짝임
아픔과 눈물의 반짝임 속에서 빛나는 우리들이 걸어가고
우리는 파도를 맞으며 옷깃을 날리며 파도가 되어가고
파도 사이에서 무수히 반짝이다가
어둠에 부딪쳐 은빛 포말로 부서지다가
빛의 금빛 바구니가 자욱이 깔리는 아침이 되고 있었다.

3

한라산의 숲에 잠긴 어둠들이 밤새 안개가 되고

우윳빛 어둠을 벗는 한라산
안개 속엔 별들이 묻혀 바다로 가고
잔물결마다 일어서는 별빛.
마른 눈물의 찌꺼기.
햇빛에 타버리며 솟는 바다는 거대한 거울이었다.
거울 위에서 우리의 죽음은 타버려
한줄기 빛으로 날아오르고,
밤의 가슴으로부터 가져온 감귤만이 물기에 젖어
우리는 감귤을 벗기며
이마에 어리는 물그림자를 보았다.
감귤 속에선 둥그렇게 익어가는 수평선
감귤을 다 벗기노라면
그녀의 잉태가 둥근 섬이 되어
끝없이 달려드는 푸른 파도를 보며
향기만이 포말처럼 우리의 손톱에 감겨들었다.

물결

물결이 모래벌을 기어서 모든 것의 심장 속으로 들어간다. 어둠처럼, 그리곤 하나씩 등불을 켠다. 사람들은 조금씩 물결의 작은 곡선을 느끼고, 노을에 서 있는 여인의 유방처럼 물결은 뜨거우리라. 모든 것이 흔들리우며 밤 속으로 젖어들고, 벌레들은 밤의 가운데서 환한 얼굴로 운다. 나는 절망으로부터 강을 건져서 그대의 노을빛 입술 위에 옮겨놓는다.

폭포

1

나뭇가지들이 길을 덮고 햇빛을 빨아들인다.
나뭇잎을 뚫고 내리는 햇빛은 축축이 젖어,
우리의 발걸음이 엉키는 사이 죽음처럼 숨이 차온다.
발을 담그고 물 속에 꿈꾸는 우리들.
소름처럼 우리는 살아 자꾸만 걷는다.
걷다가 멈추는 곳에 잠 깨 있는 폭포.
우리의 숨결 속 끝없는 벼랑.
회오리치며 쏟아져 우리의 그림자 속에 박히고.
물줄기처럼 일어서 우리는 소리지른다.
폭포의 이마에 허리에 허옇게 부서지는
우리들의 목소리
물줄기는 우리의 그림자와 몸뚱이를 뚫고
밀려드는 어둠 속으로 내리꽂힌다.

2

절벽이 어둠으로 무너진다.
물 속에도, 우리의 숨결 속에도

절벽보다 가까이 다가서는 어둠,
어둠의 어디에서나 웅웅대는 폭포.
산의 사방에서 반짝이는 반딧불.
절벽은 우리의 등뒤에 와 앉아
나직이 반딧불처럼 중얼거리고
우리는 뒤설레며 노래 부른다.
죽음처럼 깨어 우리가 걸어가는 어둠.
우리의 노래는 절벽의 가슴께서 되돌아오고
우리의 죽음을 묻는 어둠 속
어디에서나 반짝이는 반딧불.
우리의 죽음을 묻으며 우리는
폭포처럼 자꾸만 일어서고 있다.

가는 길

　땅꾼이 지나간 흔적이 있다. 풀덤불이 넘어진 숲길 옆에는 물컹한 흙냄새 수많은 뱀의 대가리를 향해 실수 없이 그는 다가간다. 갑자기 나는 숨이 가빠 세상의 모든 바위틈, 날름대는 뱀의 혀처럼 흔들리는 얼굴이 된다. 내가 걷는 길 옆에 붉은 뱀딸기, 뱀딸기 되어, 나는 또 내가 휘두르는 막대기에 후두둑 나의 마지막 것을 떨어뜨린다.

아카시아

햇빛에 노랗게 변색되는 나뭇잎
아직도 푸른빛이 타고 있다.
햇빛 속에서 푸들푸들 튀어오르는 아침
풀밭 위에서 차갑게 머리칼을 빗다가

온갖 그리움으로
아침은 하늘에서 꿈틀거리고 있다.
봄의 아카시아 흰 꽃
허옇게 이빨로 씹으며

내 피에 취해 뛰어가던 둑길
둑길 위로 낮달처럼
내 숨결이 흐르고 있다.
그리움같이 숨결을 뿜어내는 나를 부르며

하늘하늘 둑길 끝으로 달려만 간다 나는
나는 몸뚱어리도 혼령도 낮달처럼 하늘에 돌려주고
나를 부르는 하늘의 내 숨결처럼
아침이 되고 있다.

부엉이 울음

내 어릴 적 풍경 속
그중 뜨거운 화로 불티 밑
부엉이 울음 하나 묻혀 있었다.
알불처럼 확 달아올라 부엉이 울음은
장지문 틈으로 미친 듯이 달아나서는
징소리처럼, 징소리 뒤에 오래오래 울리는 것처럼
희뿌연한 밤 눈길
좁은 골짜기를 구름처럼 날아다니고 있었다.
그 울음소리의 또 그림자
허옇게 눈 얹은 떡갈나무
오리나무에 화로만한 눈을 뜨고
저승길 지나가는 이들을 지켜보고 있었다.
부엉, 부엉,
장지문 틈으로 죽은 이들을 드나들게 하고
부엉이 울음은
오돌오돌 떨며 들어와
나랑 친해야 할 무슨 고독처럼
새파랗게 질려 서 있었다.

보리피리

보리밭 사이로 하늘이 내려와
짙푸른 빛으로 꿈틀거리고 있다.
간밤에 바람은 보리를 넘어뜨리고

아무도 모르는 사이에
신을 벗어놓았다.
하늘의 어둠 속에, 오랫동안
고무신 하나 빛을 가득히 담고 있다.

아이가 뛰어간다. 보리밭 사이로
뱀처럼 풀밭 사이를 누비는 보리피리 소리가
두려워
소리는 아이를 넘어뜨리고
아이는 되풀이 피리를 분다.

아무도 발견할 수 없는 아이의 숨결이
바람 속에 누워
보리를 넘어뜨리고, 신을 벗어 던지고,
피리 구멍에선 자꾸만 어둠이 꿈틀거리며
불타고 있다.

갈문리의 아이들 1

서산에 와서 본다.
개울이며 갈문리의 나지막한 집들
지금은 농부가 된 갈문리의 아이들
모든 것이 다시 한번 죽은 듯이 적막에 잠겼지만
나는 알고 있다.
대낮의 햇빛에 까맣게 흔들리던 풀잎들

겁 없는 갈문리의 아이들 뒤에서
낯선 눈으로 보던 죽은 이들의 집.
갈문리의 아이들이 줍는 총알과 집게벌레
내 열병의 이불 속에서 죽음처럼 손에 익어
비로소 홀로 가보았다. 버려진 참호 위의 풀잎들
떨리는 몸으로 그 산의 풀잎 다시 밟으며
나는 갈문리의 아이들이 되어가고

다시 떠나왔다.
그 풀잎 가슴속에 묻으며
언제나 다시 와서 본다.
지금은 농부가 된 갈문리의 아이들
죽음도 모든 것도 땅에 묻힌 듯 적막에 잠겨

그 풀잎처럼 가만히
죽음으로 죽음을 흔들어보듯.

갈문리의 아이들 2

불도저 소리가 교실의 햇빛을 흔들고
창문 밖으로 포연 같은 연기가 솟고 있었다.
햇빛 속에 뒤집히는 묘지들.
밀리는 흙더미 속에 묘석들이 솟았다가 사라졌다.
담배를 피우는 미군 병사들.
운전석에 앉아 껄껄거리고

아무렇지도 않게 껄껄거리는 웃음으로
묘석들을 줏어내고 있었다.
황톳빛 운동장으로 묘석들을 실어가는 달구지
여름 한낮의 땡볕 속을 천천히 움직이고 있었다.
국기들이 만장처럼 파란 하늘에 펄럭이고
땀을 흘리며 따라가는 아이들.

비 오는 날도 창문 밖으로 연기가 솟고
우울하게 우리 가슴으로 엔진 소리가 젖어들었다.
흙더미 위에서 우비를 쓴 병사들.
지껄이는 소리가 빗소리를 자르고 있었다.
갈문리의 무덤 위에 세워진 우리들의 학교
언제나 우비를 쓴 병사들처럼

잘리운 빗소리가 교실 바닥으로 깔리고 있다.

갈문리의 아이들 3

영말리의 야트막한 물가.
황새들이 흰옷 입은 농부들처럼 서 있었다.
우리가 외발로 서면 외발로 서서
끊임없이 물 속을 바라보았다.

그러다가 학살된 영말리의 사람들.
가장 맑은 혼으로 하나 꿀꺽 삼키고
호수 위를 날아올랐다.
그늘이 고인 호수 위를 한 바퀴 돌고
파란 하늘로 끝없이 솟아

그러나 어느 날 보았다.
영말리에 내려앉은 헬리콥터들
폭음 속으로 황새들이 흩어지고
황새를 기다리며 우리의 가슴에 그늘이 고였다.

고여서 호수를 이루고
영말리의 야트막한 물가
황새들이 다시 찾아와도 우리에겐 오지 않았다.

언제나 외발로 서서
우리의 그늘을 바라보듯 어른거리는
영말리의 물그림자들.

갈문리의 아이들 5

홀로 돌아오는 산길엔 한낮의 땡볕.
오포가 울고,
길다란 참호들이 상처처럼 꿈틀거렸다.
파헤쳐진 황토 위엔 작은 풀잎들
가만히 엎드려 귀기울이면
조그만 그늘로 살아 있는 혼들
우리는 모두 홀로 총알을 줍고 있었다.

진흙 속에 박힌 총알을 더듬으며
축축한 진흙의 어둠 속
우리 대신 저승쪽으로 내밀어진 손.
장난인 듯이 총알을 주으며
우리는 엉큼한 아이들이 되어갔다.
홀로 더듬는 손의 감촉을 느끼며

오랜 뒤에도
논둑을 지나다가 비춰보는 진흙 위에
어리는 우리의 외로운 손.
우리의 그늘 속
홀로 저승쪽을 더듬고 있는

우리의 엉큼한 외로움 속에 살고 있는 혼들
풀잎이 흔들렸다.

갈문리의 아이들 7

소금들처럼 하얗게 깨어나는
어스름 제삿집의 연기.
이곳에선 죽음이 목숨보다 더 아름답구나
남은 혈육들이 남아서
학살된 이들의 제사를 지키고
우리는 만나리라 다져진 진흙 속
죽음이 홀로 가리키고 있는 길
맹목뿐인 삶보다도 먼저
어떠한 칼날보다도 먼저
죽음이 스스로 우리들의 가슴에 기르는 기름진 대지를

한강에서

작은 풀꽃둥치마다 기름 자국을 남기며 강물이 흐른다.
오늘 풀꽃들이 시들고
축축한 아침 공기 속으로 돌아오는 사람들
어깨 너머로 도시가 젖은 얼굴을 들고

아침 하늘로 솟아 나지막이 도시의 지붕을 이루는 연기.
기둥처럼 솟은 공장 굴뚝 밑에 도시는 깊이 잠들고
사람들은 돌아오며 다리 밑을 흐르는 검은 강물을 본다.

기름이 번지는 강물 위론 그들의 주검이 떠서 흐르고
쓰레기터에선 부숴진 전화기들
아득히 비어 있는 바람소리
시든 강아지풀 하나가 고개를 흔들며 듣고 있다.

영말리

아무도 살지 않는 영말리
둘레 십리의 호수 하나만
첩첩 산그림자를 띄우고,
하지만 살고 있다.
옛날에 산기슭 땅 일구던 사람들
가끔 물 속을 들여다보면
일렁이는 물그림자 속에

이름도 그대로 영말리
6 · 25때 학살된 영말리
사람들은 호수 속에 처박혀
머리칼처럼 쓸데없는 수초만 가득 기르고
그후론 아무도 그곳의 물고기는 먹지 않았다.
하지만 살아 있는 영말리

그 고장 사람들의 영혼처럼
산그림자를 띄우고 빛나는 호수
십여 년 떠나와 있어도 영말리
사는 것이 피로해지는 날
내 슬픈 영혼처럼

문득 물그림자 일렁이며 떠오르는
어느 날인가 이윽고
살아 있는 사람들도 돌아갈 물 속의 길 영만리(靈萬里).

글라이더

공사장의 풀잎을 나는 바라보고
아이는 신기한 듯이 저녁 하늘을 보고 있다
글라이더가 머리를 처박는 풀숲
아이는 뛰어간다
공사장 철망에 날개를 걸치고
풀덤불 위에 앉아 있는 글라이더

아이는 문득 철망 너머 깊이 파인 땅을 바라본다
무너져내리는 흙더미 사이로
언뜻언뜻 뒤섞이는 풀잎
아이는 다시 무심하게 글라이더를 띄우고
내 꿈처럼 땅속 깊이 내려앉는 풀잎을 보며
나는 아무것도 말하지 않는다

관악산이나 북악 어디쯤으로
글라이더는 환한 이마를 들고
부서진 격납고 위의 하늘로
까마득히 솟아오르는 아이의 함성
노을 속으로 돌아오며 아이는 노래를 부르고,
여의도의 바람 속에선

자꾸만 내가 풀잎이 되어 떠돌며 없어지고 있다

잉크로 그리는 새

내가 정직하게 이야기하는 동안
아이들을 잉크로 새를 그렸다
노트 위에, 책상 위에, 유리창 위에,
우울하게 새장 밖을 바라보는 새의 눈
(그래서 나는 정직한 것을 의심한다. 정직한 것은 무엇인
가 하늘을 꿰뚫는 새의 비상,
새의 날개에 무게 없이 쌓이는 태양의 빛)
이곳에선 모든 세련됨은 매음과 감옥의 냄새가 난다

나는 거칠게 부쉈다. 철망 속 새의 눈이 반짝이기 시작했
다
허파에 쌓이는 공기와 빛과 푸르름과
꿰뚫린 순간들이 우리의 뒤에서 펑펑 터지며 소리를 냈다
그리고 우리는 보았다
예감처럼, 고독한 죽음 속에 타오르는 거대한 하늘을

얼음

얼음들이 하얗게 밀린다
작은 고래 떼처럼 엎드려
어디서 태어나는지도 모르는데
한강의 추운 바람 속을 울고 있다

밤이면 듣는다
새파란 수심 위에서 갈라지는 투명한
얼음들의 소리
바람에 밀리며 겹치고 겹치어
아침마다 하얗게 반짝이는 등허리로
우리의 머리맡에 자욱이 일어선다

빛이란 빛은 모두 토해내는
결백한 슬픔
소금처럼 단단하게 웅크리다가
녹아서 이름 없이 흐르는 강물이 된다
새파란 수심 위에서 투명한 얼음들이 갈라진다

화곡동 1

벽돌담장 위로 장미가 기어오른다
닫혀진 집들의 창문이 빛나듯
폭음은 나직이 화곡동의 지붕을 이루고,
하늘에선 아직도
여객기의 커다란 그림자가 떨리고 있다

그림자 뒤로 붉게 흔들리는 노을
사랑하는 이의 가슴에서만,
사랑하는 것들이 쉬이 저물듯이
닫혀진 화곡동의 지붕 위를 노을이 비끼고

거리를 지나 팔을 펼친다
풀잎들이
빈터에서 팔을 벌리고 노을을 받는다
사랑하는 이들이
저무는 슬픔을 가슴에 받듯

화곡동의 노을은 풀잎 위로만 지고,
산 위의 풀잎 한 그늘로
비행기의 그림자가 내리고 있다

화곡동 2

햇빛 속으로 돌이 무너져내린다
붉게 파여진 산벼랑에서
풀잎이 몇 개 떨어지고
아이들의 소리 까맣게 하늘로 솟고 있다

아침의 푸른 대기 속으로 깨어나는 집들
시궁창 곁에서, 빈터에서 우리들의 꿈이 작은 풀잎으로 찬
이슬을 맞고
깨어나는 불도저 소리에
가늘게 떨며 부서진다

밀려오는 흙더미 뒤에서
검게 솟는 연기
가늘게 땅이 흔들리고
솟구쳤다간 흙더미 속으로 묻히는 풀잎

돌 위에서 풀잎이 마른다
한 아이가 풀잎을 주워
마른 풀냄새 풍기는 아침쪽으로 걸어가고 있다

무지개

미군 철수지의 녹슨 보일러를
조카애는 좋아한다
그 무수한 스팀 구멍의 시커먼 입구에 난
풀잎을 나는 더 좋아한다
비가 오고, 돌아오며 우산 속에 서서 나는 오랫동안
바람에 흔들리는 풀잎들을 보았다

그리곤 소나기가 지난 노을에, 다시 가본다
어떻게 구멍 속으로 노을이 비쳐드는지
어떤 모습으로 풀잎들이 고인 물위에 흔들리는지
조카애는 구멍 속에 얼굴을 디밀고
무어라고 소리친다

비쳐든 노을이 조카애의 손에
커다란 그림자를 드리우고,
나는 내 꿈같이 부끄러운 풀잎들을 밟는다
아이는 고개를 들고
문득 하늘을 가리키는 아이의 두 손에 걸린 무지개
부끄럽게 내 발 밑에 푸른 풀잎같이
아무렇지도 않게

아이의 두 손엔 무지개가 걸려 있다

파도가 전하는 소식

여기서 마라도까지
잠들지 못하는 넋들처럼 고기잡이 배들은 어제의 불빛을
껌벅이고
그 안쪽 깊이 바다는 검은 어깨를 일으켜 몰려온다
이르지 못하는 말, 절망처럼 희게 몸을 던져 부서진다
해초와 이끼의 내음들 수런거리며 공중에 전하는 희미한
소식
누가 듣고 있는가
마음들은 유두화 그늘에 취한 채 잠들어
파도 소리는 혼자 작은 풀꽃으로 피어 언덕을 오르고
알 수 없는 말 제 속 깊이 쏟아붓는데
누가 듣는가, 저 바다에 난파한 이들의 웅얼거림
우리들이 어둠이라고, 멸망이라고 이름 붙여버린 모습 없
는 얼굴들
검게 일어서 우리에게 부탁한다
누가 듣고 있는가
모든 백제와 모든 6·25와 모든 짓밟힘 속에서도
언제나 그것들을 넘어서는 바다여
네가 부푼 달빛으로 마을 어귀를 오르는 동안
세상은 잠들어 유두화 그늘에 빈 껍질로 매달렸구나

하지만 또한

이슥토록 문으로 열려 있는 어머니들의 오랜 귀기울임

어머니들이 수놓은 손길 아래서, 바다는 그 깊은 물빛으로
깨어

우리들로 섬을 이루게 하고

오랜 기다림으로 솟는 순수한 대지

우리들의 가슴 깊이

파도는 일어서고 부서지고 웅얼거리고

영원한 바닷가에 우리는 서 있다

겨울 이 도시에서의 죽음은

길거리엔 시디신 새벽 바다 하나 뿌옇게 깔리고
밀물처럼이나 가득 차오르는 그리움
어지러진 쓰레기 더미 위를 지나며
닫혀진 벽 위에 쓸까

쓰레기 더미 위에 잠든 새의 시신들처럼 우리의 묶이운 마
음
새벽 바다 위에 그림자로 떨고 있음

새소리 하나 없이 갇히운 벽
파도 소리에 놀란 새들의 그림자 날아오르고
이 도시엔 허망한 그림자들의 자유
닫혀진 골목엔 아침해도 뜨지 않는다
이 겨울엔 노래하자
한 마리의 새를 키울 가지의 무성함을
골목엔 가득 찬 새벽 바다 빠져나가려 하는데
우리들의 마음은 떠나지 않는다
벽 위에 돋아난 마른 나뭇가지엔
헌 옷처럼 걸려 있는 한 사내의 죽음
나뭇가지 위에 솟아오를 또다른 태양을

골목 밖으로 달려가는 아이들의 호각 소리
겨울 하늘 높이 솟아오르고 있다

영등포

노을 속으로 여의도가 솟아오르고,
강바닥에선 풀들이 집을 짓는다
저녁이면 강을 건너 돌아오는 사람들
그들의 목소리가 강바닥에서 껄껄 웃고

풀 위를 걷는 동안 사람들은
풀이 되어 돌아온다
흙 묻은 작업복을 툭툭 털며 사람들은
영등포의 심장으로 풀을 실어 나르고
밤이 되면 영등포는 풀의 도시가 된다

밤 강가에 와서 보라
이윽고 영등포가 몸을 일으켜 밤 강가로 오는 것을
와서는 물을 마시고
작은 풀잎 하나가 되어 껄껄 웃는다
그 목소리,
밤마다 우리의 닫혀진 문을 열고
우리의 잠 속에서 꿈이 되고 있다

배를 깔고 누워
　　―재철에게 주는 시

네가 세든 아파트 계단을 오르면
문득 갇히우는 것이 싫다
작은 방의 네 머리맡엔 몇 권의 책과 흩어진 담배
시들하게 배를 깔고 누워 너는 방바닥에 연기를 내뿜으며
돈이 있었으면 좋겠어
고향에 가겠다는 네 풍병의 아버지와 이혼한 네 누이와
지금은 고향도 아니지만 고향에 집이라도 있었으면
너는 중얼거리고
나는 창 밖으로 뻗치는 여름의 햇살들을 보며
우리들의 실패할 수 없음이 싫다
실패하지 않는 아파트와 실패하지 않는 거리와
실패하지 않는 간판과 실패하지 않는 신문과
실패하지 않는 음악과 실패하지 않는 시들
실패하지 않는 시들이 사는 시대엔
무슨 노래를 부르지
그래 지을 수 있다면 지어보게나
우리들을 가두는 게 집은 아니니까
끊임없이 무너지고 또 우리가 돌을 쌓는 땀 속의 집을

바람 사설

문이 흔들리고 있지
들어봐
들어봐 빈 국기 게양대를
심심하게 밤새 두들기는
그래서 누군가는 생각하겠지
누가 밤에도 깃발을 달아논 게 아닌가?
그래 그런 나라도 있지
낮에 깃발을 거는 사람들이 다 거두어간 후
남 몰래 펄럭이는 마음으로
어둠 속에 깃발을 다는
그래 문을 열고 나와보아
네가 켜는 작은 불빛에도
오늘 전신으로 고개를 흔드는 풀잎들
아직도 어둠 속에서만
펄럭여야 할 것들이 이리도 많은 나라가 있군
들어보아
내 어둠 속에서 그것들의 벙어리 된 몸짓으로
너를 부르니

에잇 바람 불어라

에잇 바람 불어라
보름 사리 일만 파도 깨우는 바람
불어라 에헤
붉은 풀 헤적이는 바다 가운데
헤쳐서 헤쳐서 님은 계신가
에잇 바람 불어라
불어라 에헤
어떠한 칼날도 닿지 않는 곳
님은 계신가 님은 계신가
에잇 바람 불어라
불어라 에헤
매일의 바다로 배가 뜨누나 가누나
에잇 바람 불어라
불어라 에헤

거미 1

허 뒷짐 지고 있는 놈들도 많군
점잖게 큰 기침도 하시고
속은
들속날속
거미 속
이리 얽고
저리 얽고
내미는 건
발
오리 거미 오리발

그런디 말여
비도 오시고
능수버들 척척 늘어졌는디
어디 우리 낚시질이나 가시까

흠흠흠흠
인민의
인민에 의한
인민을 위한

낚시질
계집질
토색질
주리틀기
나갈 제
거미 아제 앞장서서
차일 치고
변소 짓고
떡밥 주고
미끼 주고
어허 그 빛 길이 비추것네
그려?
목수놈 대못질 하다 말고
그려 배꼽에다 심지 박아 켜면
참 길이 비추것다

툭
탁탁
툭
탁

거미
거믜
거무
거뮈

거미 2

누가 나뭇가지에 해와 달이 걸린다고 했을까?
햇빛 가까이 매미 소리와 징소리를
따라 기어오르던 시절은 멀고
새까만 추락의 기억

암호처럼
방금 들어온 또다른 암호처럼
가지에서 가지로 금이 간다

새파란 겨울 하늘에 대항하여
가지에서 가지로 금이 가는 것은 나무의 정신일까?

나무 나무 나무 나무 거미 거미 거미 거미
나무는 하늘을 향한 성장을 거부하고
한 마리 거미처럼 허공에 집을 짓는다
허공에 집을 짓는 것은 자유를 아는 나무의 정신일까?

하늘의 한구석에 금이 가고
하늘에선 아무 소리도 들리지 않고
번개처럼

더 빠르게 빛과 빛 사이로 살아나는 얼굴

금이 간다
허공에 집을 짓는 것은 자유를 아는 나무의 정신일까?

우리들을 위한 묘비명

누가 이 거리에서 쓰러지고 있는가
이름 없는 이들
맨몸뿐으로 두 팔을 벌려 거부하는 이들
압제의 총칼에 그 모든 추악한 얼굴에
하나뿐인 심장으로 저항하는 이들
역사 위에 제 이름을 새기는 자들을 비웃는
이 단순하고 붉은 피
아무도 기억해주지 않는
다만 풀잎 몇 개 그 몸 위에 얼크러져
맺힐 뿐인 우리들의 땅
풀과 바람과 흙의 묘비명.

강산절 할아버지

우리집 식구들 저승 갈 때
노잣돈도 후하게
천 냥이요
이천 냥이요
상평통보 쪼개서 이빨 사이에 튼튼히 물려주시더니
올해는 안 오시나

안 오시나
우리 어머니 등에 업혀서
검은 수염 잡아당기던 얘기하면
한 백년 팬 주름으로 활짝 웃으며 얼굴 붉히더니
안 오시나

동학년(東學年)
보은벌 사방 십리에 하얗게 회담하던 일
선머슴애 열여남은 살 적 보았다고
안 오시나

청맹과니 잡풀들도 한 번쯤 오래 참은 기침 한다고
튼튼한 마음으로 늙지 않고 쌀가마 지시더니

안 오시나

아주 쌀 천 석 노자 삼아 저승으로 여행길 떠난 것이면
누가 그 노잣돈 드렸을까
아주 안 오시나

꽃

겹치고 겹친 그 가운데
너의 중심에서
너는 불꽃의 칼날을 꺼내든다

꽃이여, 바라볼 수가 없구나
너의 불꽃은 너무 눈부셔 바라볼 수가 없구나
너는 나를 눈멀게 하고
너는 나를 귀먹게 하고
비로소 이곳이 깊은 밤임을 말하게 한다.

너는 먼 항성의 운항처럼
너의 동력 속으로 우리를 이끌고
너는 먼 향기처럼 우리를 일으켜 세운다.

꽃이여, 데려가라
겹치고 겹친 꽃 잎잎의 속 한가운데
네 형제들과 이웃들이 돌아가던 더 큰 죽음 속
너의 칼날 위에 우리를 세우라

길은 언제나 끊어지고

길은 언제나 다시 너에게로 출발하고
너는 묵묵히 어둠 속에 일어서서
먼 향기처럼 너의 하늘 자락을 펼쳐들고 있다.

지리산

　너는 거대한 날개를 편다
　우리의 죽음마저 싸늘한 햇빛에 타오르는 곳, 너의 이마에
선 빛들이 푸르게 흩어져내리고
　너의 푸르름에서 흘러내린 섬진강은 굽이굽이 대지를 적
시며 흐른다.
　너는 듣고 있는가 너의 빛을 감싼 대지, 어머니들의 통곡
을
　너는 거대한 날개를 편다. 너는 반항하는 자
　일찍이 네 날개 위에 살던 신들의 빛에 쌓인 불꽃으로 말
한다
　말하라 반야여, 말하라 천왕이여, 말하라 세석평전이여
　이 길고 긴 어둠 깊이 불꽃으로 타오르라
　맘모스처럼, 그 맘모스의 혈족들처럼
　너는 어둠 깊이 긴 울음을 남기면서 돌아간다
　네가 살던 대륙의 혼돈에서 일어나 불꽃의 동방으로 동방
으로 오던 날을 너는 기억하느냐
　본디 어둠에서, 너의 어머니인 대지에서 태어났으니
　이제 어둠의 심연 깊이 돌아가 불꽃을 단련할 뿐
　어둠은 더 깊이 체험되고 불꽃은 더 세차게 타오른다
　일어서라 반야여, 일어서라 천왕이여, 일어서라 세석평전이

여

  너의 순한 이마로 하늘을 밀고 일어서 너의 불꽃을 대지 깊이 뿌려라.

  너는 씨 뿌리는 자

  대지는 오히려 두려워 네 불꽃을 감추지만

  네 불꽃은 대지에 풀을 돋게 하고 끊임없이 젖을 흐르게 한다.

  1894년 오월 십일 신새벽

  네 불꽃의 첫하늘은 열렸다.

  동진강 가 찬 새벽을 걷는 걸음이 온 대지의 불꽃을 깨우고

  너에게서 내리는 빛은 너와 대지 사이의 깊은 어둠을 뚫었다.

  너는 보았느냐, 처음으로 어둠에서 떠오른 대지의 모습을

  천왕과 반야의 혼례, 빛과 빛의 이어짐

  그러나 누가 너의 혼례를 온전히 노래했는가

  노래하는 이들의 침묵 속에 망각의 깊은 어둠은 파도를 건너왔다

  공주 산성 금강에 별같이 흩어진 그날의 함성

지리산이여, 너는 망각의 어둠 깊이 잠기어가고
너의 불꽃은 흩어져 너의 부재를 지키는 이의 가슴에서 타
올랐다
암흑의 세기, 그러나 신성한 밤
지리산이여, 너의 부재를 지키는 불꽃은
기미년 너를 깊은 망각으로부터 불렀다
너는 듣느냐
쟁쟁히 어둠을 흔들고 간, 지금도 너를 부르는 목소리를
우리는 어둠 속을 걸어오는 너의 발자국 소리를 듣고 있었
다.

하지만 지리산이여,
빛은 예비하지 않은 곳에서 낯선 총칼과 함께 왔다.
가사(假死)의 빛 속에서 우리는 눈멀고, 너는 망각 깊이
사라져가고
망각의 망각, 어둠이라 불려지지 않는 어둠
지리산이여, 네가 대륙으로부터 일어서 오던 길은 끊어지
고
우리는 낯선 총칼에 이끌려 서로의 가슴을 찔렀다
무모한 피, 불모의 땅

지리산이여, 누가 너의, 망각조차 잃어버린 가사의 빛 속에
서

너의 깊은 망각, 어둠의 심연 깊이 돌아와 어둠을 어둠이
라 할 것인가.

4월 19일 꺼진 듯이 숨어 있는 너의 불티는 우리의 가슴
에 타올라 처음으로 어둠을 어둠이라 불렀다.

그리고 기나긴 18년 어둠 속을 걸어오는 너의 발자국 소
리를 듣고 있었다.

쫓기어 별같이 흩어지고 떨어진 살별들을 매장하면서

이미 낯선 총칼은 동족일 수 없는 자들의 손에 들려 있고

6·25처럼 우리의 가슴을 찔렀다. 5월이여, 지리산이여,

너는 가까이 진동하고 너의 불꽃은 타오른다.

굽이굽이 흐르는 섬진강 줄기를 따라가면

새파란 수심 깊이 감추어져 흐르는 희디흰 함성, 함성들

굽이마다 정다운 마을들이여, 낯익은 정자나무 아래 잠들
어

그리운 얼굴들은 마치 무덤 속에서처럼 다 잊은 듯이 살아
간다.

하지만 움푹 패여 아문 상처 속에 살아 있는 불꽃을 느끼
느니

지리산이여, 너를 노래한다.

모든 불꽃의 중심, 너에게서 대지에 이르는 빛들의 길을 노래한다.

어둠의 심연 깊이 너의 흔적을 따르며 대지의 풍성한 미래를 노래한다.

신명(神明) 많던 주검들은 지리산이여, 너에게로 돌아가 푸른 날개를 펴고

이제 다시 희디흰 뼈를 강물 위에 뿌린다.

어둠 속에 들리는 바람 소리 물소리 네가 다가오는 소리

신명은 어둠을 부수고 조금씩 드러낸다.

불꽃의 중심인 너의 모습

지리산이여 너는 타오르라, 어둠 깊이 어둠을 꺼내리며 타오르라

이제 오히려 나의 가난을 나는 염려할 뿐

네 깊이 돌아가 너의 불꽃을 비춰낼 마당을 만들리라. 진흙으로 다진 타작 마당

너의 불꽃이 우리를 태우지 않도록 달빛을 다져 넣으리라.

어릴 적 신명 많은 아버지들이 우리를 태우고 흙썰매를 끌었듯이

이제 신명처럼 밤새도록 썰매를 끌리라.

대지의 거울에 너의 모습이 영원히 담기도록, 지리산이여, 너는 쟁쟁히 솟아 타오르라

　대륙의 혼돈으로부터 일어서 오던 너의 길을 바라보며 너는 거대한 날개를 편다.

귀향

떠나리라
부황난 얼굴의 청춘만 묻은 도시여
삼십년 내 젊음에 파수 서온 총칼이 너를 키우고
이제 돌아갈 곳 하나 없이 고향을 찢었다.

떠나리라
통곡과 피와 상처로 얼룩진 고향이여
네 무덤마다 총칼이 파수 섰어도
돌아가서 입 맞추리라 너의 상처
까맣게 타버린 피와 통곡 너의 깊은 무덤에 입 맞추리라

이젠 오히려 기억에 먼 동구 밖이여
네 안에서 또 정다운 얼굴들은 살아간다
마치 무덤 속에서처럼 다 잊은 듯이
그러나 그네들 숨은 피와 통곡 속에 살아 있는 불꽃을 보
느니

불꽃이여, 샛파란 불꽃의 침묵이여 일어서라
이젠 이념도, 조국도, 민족도 아닌
먹는 자와 더 먹으려는 총칼뿐인 저 완강한 성채들을 태

워라

　낯선 총칼들은 6월을 찢고
　이제 다시 피 흘리는 5월의 상처를 찢었다
　그래도 꺼지지 않는 불꽃이여 통곡 속에 살아나는 고향이
여
　돌아갈 조국도 민족도 없는 떠나가 살 땅 하나 없는
　삼십년 내 젊음을 묻으리라

　모든 것은 네 불꽃의 미래 속에 있느니
　피와 통곡 속의 고향이여, 네 불꽃 깊이 돌아가 입 맞추리
라

맨손 체조

이 저녁의 마지막 햇빛은 나에게 다른 것을 요구한다
뻗어오는 햇살의 단단한 힘살을 보면
그 단단한 힘살을 튕겨내는 아스팔트의 또다른 힘살을 보면
그 곁에 날카로운 반사를 하는 풀잎을 보면
알 것 같다.

알 것 같다.
지금 움직이는 바람의 의도를, 바람을 위해선
나에겐 아직도 나의 것이 너무 많다.
슬픔이라든지 눈물이라든지
슬픔이 많은 날은 맨손 체조를 한다.
뻗어오는 햇살의 단단한 힘살을 보며
역기를 들어야겠다고 생각한다.
너무 많은 패배에 길들어버린 머리야
너는 버리지 못하는 것이 너무 많다고 말하자
이 저녁의 햇빛에 드러나는 힘살들을 위해
체조를 한다.

이미 내 몸은 내 몸이 아니므로

머리는 몸이 감행하고 있는 풍자를 이해하지 못할 것이다.

그놈은 알콜병에 담겨진 개구리의 골처럼 더러운 것에 취
해 있다.

체조를 한다. 결별을 위해

몸이 감행하고 있는 풍자를

머리는 끝끝내 이해하지 못할 것이다.

바람

바람은 어디서 태어나는지도 모르는데
절망할 줄을 모르고
꽃에서 꽃으로 불어간다

시궁창에서 시궁창으로
쥐구멍에서 쥐구멍으로
멈추었다가 다시 불어가고

다 잊은 듯이 그친 뒤에도 다시 불어간다

바람은 절망할 줄을 모르고
바람은 쓰러질 줄을 모르고
낮은 곳에서 낮은 곳으로
다시 낮은 곳에서 낮은 곳을 불어간다

바람은 불면서 탑만 보이고
바람은 불면서 흙만 보이고

보이지 않는 곳에서 보이지 않는 곳으로 바람이 분다
보이지 않는 것들을 흔들면서 바람이 분다

바람은 절망할 줄을 모르고
꽃에서 꽃으로 불어간다
바람은 쓰러질 줄을 모르고

목련

이상하다
최근에 목련꽃들이 나를 비난하기 시작했다
벌거벗은 가지에서 자꾸만 꽃을 피운다

벌거벗는 것은 치욕일까?
벌거벗는 것은 치욕이니까 아름다운가?
나는 나의 죄를 고백하기로 한다 꽃 앞에서
우습다 꽃 앞에서

실은 나는 망둥어를 살해했다고 말한다
놀라지 않는다
바다가 죽어서 손에 묻어났다고 말한다
놀라지 않는다
씻어도 씻어도
손가락에서 바다가 떨어지질 않았다고 말한다
놀라지 않는다

이상하다
꽃들은 놀라지 않는데 그건 당연한 일이다
벌거벗은 나무는 죄를 모른다

꽃들은 나의 죄를 축소해서 햇빛의 입자들에 뒤섞어버린다

그렇다 벌거벗는 것은 아름다움이다
아름다움은 아름다움만한 꽃을 피운다

최근에 목련꽃들이 나를 비난하기 시작했다
나는 나의 죄를 고백하기로 한다
당연한 일이다

이화중선(李花仲仙)

소리를 못 하는 날은
화투를 꺼내 재수를 떼고
딴전 피듯 먼산 향해 담배를 피우지만
그래도 수은 먹은 듯
명치에 고이는 뜨거움은, 한 움큼 객혈로나 토해낼까
하릴없이 차려 입은 진주 치마폭
진달래꽃 가득히 피워나 볼까
선무당 시나윗가락으로 살아온 년
나랏님이 누구님인지 알 수 없었지만
소리도 빼앗겨 가슴엔 듯 눈엔 듯
엉기는 핏덩이
누워도 일어서도 춤을 추어도
으쩌꺼나 으쩌꺼나 으찌헐거나
흐르지 않는 폭포는 독이 되어 가슴을 뚫고
선잠 이룬 밤에는 희디흰 손에 이마를 스치우고
소스라쳐 일어나 흐르는 식은땀, 가야 하리
오, 가야 하리
몸은 다 버리고 새파랗게 날 선 소리로만 가야 하리

골골이 잠긴 어둠 속을 접동새 울음으로나 찾아가야 하리

어릴 적 바다 깊이로부터 달빛 속으로
헤엄쳐오르는 갈치의 눈부신 퍼득임처럼
저 어둠 속을 찾아가야 하리.

꼽추

옛적에는 청나라와 일본 군함이 이곳에서 싸웠다고 말하는 소대장의 등뒤에서 미군 비행기 사격장의 붉은 깃발이 펄럭이고

검푸른 물결 위로 농섬이 뻘겋게 폭격에 부서지고 있었다.

못생긴 섬, 꼽추의 추한 혹처럼 솟은 그 섬을 우리들은 싫어했다. 저 섬이 다 없어지면 제대할 거야 야간 폭격의 조명탄이 어둠을 가르는 밤에 우리들은 방아쇠의 냉기를 갯벌을 향해 날려보내며 중얼거리곤 했다.

사격이 끝난 아침이면 탄피를 줍는 사람들이 썰물을 따라 나가고 바닷바람에 얼어 돌아오는 사람들의 등에 어느 날 섬은 추한 혹이 되어 붙어오고 있었다. 사람이 죽었대, 불발탄이 터졌다는군. 그날부터였다, 마을 사람들이 꼽추로 보이기 시작한 것은.

우리가 제대하는 날도 섬은 여전히 남아 폭격에 붉게 무너져가고 이민이나 가겠다는 이 병장과 읍내에 나와 술을 마시며 나는 자꾸 등이 가려웠다. 다시는 이 더러운 땅을 돌아보지 않겠노라고 중얼거리며 춤을 추는 우리들의 등에, 어느덧 그 섬은 혹으로 자라기 시작한 걸까.

칼춤

떠도는 풀들이 떠도는 풀을 만나고
떠도는 칼날이 떠도는 칼날을 만나고
네가 나의 가슴에 녹슬지 않는 칼날이 되고
내가 너의 가슴에 녹슬지 않는 칼날이 되고
저미는 살은 살대로 이승의 강가에 뿌리고
깎이는 뼈는 뼈대로 이승의 강가에 뿌리고
새파랗게 날 선 마음만 칼날이 되어 저승으로 돌아갈 제
아기네야 아기네야 무당 아기네야
춤을 추지 쟁쟁쟁 칼춤을 추지
풀잎 속엔 영롱한 이슬의 사랑
핏방울처럼 칼날에 져서 달이 돋는다
아기네야 아기네야 무당 아기네야
저승의 길가엔 풀잎마다 피에 젖은 달이 돋지
나를 불러다오 쟁쟁쟁 칼춤을 추어
갈라지는 달빛으로만 찾아가리
세상엔 버릴 수 없이 아픈 사랑
가득히 고여 반짝이는데
달 지는 풀잎마다 찾아가리
새파랗게 갈라지는 달빛으로만 찾아가리.

이별가 1

이제까진 도련님
밝음 속에서만 세상을 볼 수 있는 줄 알았어요
아시나요 도련님
작은 사랑이 끝난 뒤에 열리는 더 큰 사랑을
이제 어둠 속에서도 잘 보여요
헤어지고 있는 길과 헤어지고 있는 바람과
작은 풀들의 아픈 사랑까지 모두 보여요
사랑에 취한 이들은 알 수 없어요
작은 사랑이 끝난 뒤에
헤어지는 길과 헤어지는 바람과
헤어지는 풀들의 조용한 반짝임을
더 큰 만남을 예감하는 저 깊은 어둠의 소리를

이별가 2

마루에 앉아 보는 햇빛은 왜 그리 몸살처럼 쑹얼거렸는지,
돌을 뚫고 맑게 고이거나 풀뿌리에서 모진 목숨을 실낱처럼
풀어내거나 우리집 뜰이 참 세상만큼이나 컸었다. 그래서 나
는 무한히 작아지는 마루 끝에서 꼼짝 못하고, 움직이면 그
세계가 무너질까 봐 눈만 크게 뜨고 앉아 있었다.

대문을 열고 아버지가 무심히 들어오고 햇빛은 잘게 부서
지기 시작하더니 세상이 온통 까맣게 무너졌었다.

눈을 뜨면 왜 그리 세상이 새로웠는지 아무도 내 곁에 없
는 것 같아 나는 자갈밭에 새카맣게 타는 햇빛 같았다.

아버지가 죽을 때도 햇빛은 한밤중에 끝없이 아버지의 검
은 동공 속으로 내려가고 어른이 되어도 자꾸만 햇빛을 보
고, 사람을 만나고 오면서도 실제는 만나지 않았다고 내 속
으로 끝없이 햇빛은 가라앉는 것이다.

이별가 3

아버지가 돌아가셨을 때 나는 눈물이 나지 않았다. 그래서 나는 눈물이 없는 것이라고 생각했는데 정말은 오래오래 슬퍼하고 있었다. 흘리지 않은 눈물이 한 조각씩 떨어져서 아버지의 죽음만이 아닌 풀잎 하나하나의 스러짐에까지 떨어져서 가득히 빛나는 것이었다.

한 조각씩 안경알에 낀 검정을 벗겨내듯이 나는 눈물을 벗겨내며 내 속을 훤히 들여다보고, 모든 사물의 속을 들여다보고 그래서 모든 것을 사랑했는데 사랑하는 것을 위해 슬퍼할 땐 또다시 눈물이 나오지 않아 나는 다시 렌즈를 닦으며 내 시선을 맑히는 것이다.

비갑이*의 창

저 소리를 알 수 없어요. 나를 부르는
저 흙을 알 수 없어요. 나를 부르는
이제 상관없는 어느 곳에서 누가 울고 있는지
한 오리 머리칼의 흔들림까지 내 피의 쑹얼거림으로 전해
오네요
누구의 죽음이 눈을 뜨고 있나요
저 다져진 검은 흙 속엔
누구의 못다 이룬 사랑이 불꽃으로 고이고 있나요
무엇이 나에게로 와서 불꽃이 되나요
무엇이 나에게로 와서 지울 수 없는 사랑이 되나요
알겠어요, 나의 눈물은 나의 눈물이 아님을
알겠어요, 이제 나의 노래는 나의 노래만이 아님을
이제 상관없는 어느 곳에서 누가 울고 있나요
그치지 않아요, 멍석말이 작두 밑에 허리가 잘리워도
흙에서 흙으로, 바람에서 바람으로 번져가는 이 노래는

* 양반 출신의 판소리 창자(唱者).

변강쇠타령

퍽퍽 퍽퍽 장승을 패세
길마다 가로막아 철조망
입마다 막아 검렬(劍列) 검렬
온 땅에 날 선 총칼의 냄새뿐
퍽퍽 퍽퍽 장승을 패세
온 땅에 얼어붙은 마음 불을 지피세
황해도에서 경기도, 경기도에서 전라도
떠도는 마음에도 불을 지피세
이제 사랑을 해야겠네
떠도는 옹녀와 질펀한 첫날밤 불을 지피세
장승을 패세 지리산 화개장터
이마에 뜨거운 칼자국, 반역의 마음
정수리에 꽂아놓은 장승을 뽑아버리세
해주 장승, 갑산 장승, 합천 장승, 곡성 장승
몰려들어 온갖 동티
퍽퍽 퍽퍽 장승을 패세
온 땅에 얼어붙은 마음 불을 지피세
이제 사랑을 해야겠네
떠도는 옹녀와 질펀한 첫날밤

잘리운 허리를 이어봐야겠네.

새타령

전라도땅 화순에 적벽강은요
인간 세상 풍경이 아니라는데요
오늘 보니 물 속에 타는 단풍이 그냥 단풍이 아니네요
옛날 옛적 성 쌓는 일에 끌려나간 농부가
늙어서야 고향에 돌아오게 되었다는데요
낯선 청년이 된 아들을 만나
바위 위에 원통한 마음 그림을 그렸다는군요
흘린 피로 부자상(父子像)을 그리고 죽었다는데요
적벽강 절벽에 타는 단풍은 혹시 이 부자상이 아닐는지요
아주 어둠으로만 꺼져갈 수는 없는
이 나라 아버지와 아들들의 아픈 마음이
저리 붉게 핏빛으로 타오르는 게 아닐까요

옥중가(獄中歌)

어두운 천장으로부터 밀려오는
이 차가운 바람을 알 수 없네
바람 속에 밀려오는 저 얼굴을 알 수 없네
무슨 말이 그 입술에 남아 있는지
고이면 새파란 칼날 밑에 들끓고
흐르면 휘휘 창살을 지나는 다급한 목소리
이제 알겠네
갇혀 있는 것이 나만이 아님을
이제 알겠네
떠도는 것이 나만이 아님을
나뭇가지 사이로
채마밭 사이로
지나는 귀 떨어진 바람, 눈 패인 바람
고이면 새파란 칼날 밑에 들끓는 피
저 푸른 침묵 속에 잠겨 있네

심청가

햇볕 속에 새파랗게 날 선 보리잎
가슴속에 있네
캄캄한 밤에도 선명히
이제 먼눈 뜨지 않아도 보이네
보이네, 한 가난한 처녀의 옷이 벗겨질 때
뜰 수 없어 뒤집힌 눈에 어리는 눈물
가슴속에 타는 불꽃만 보이네
햇빛 속에 날 선 보리잎만 보이네
간다, 가리, 가슴속에 뜬 눈 감을 수 없어.
북망산천 쩽쩽한 요령 소리 따라갈 제라도
간다, 가리, 내가 찾아가리
심청아, 너의 허리에 죽음처럼 둘러진 비단 띠
새파랗고 새파란 노예의 표식, 태우러 간다.

폭포

저것은 소리도 아닐 것이네
새파랗게 등에 내리꽂히는
저것은 폭포도 아닐 것이네
이 땅에 태어나서
무거운 중력에 몸이 묶이어
일어서도 일어설 수 없는 마음이 될 때
그대가 토해놓은 칼날
반달처럼 허공에 걸어놓고
표표히 떠나가는 노옹이 될 수 없는
내 등에 꽂힌 칼날이 우네.

서산에 가서

소똥과 염소 울음이 붐비는 쇠전 마당에서
너는 열심히 벙어리 손짓을 해대고,
나는 쇠털이 묻은 말뚝에 걸터앉아
열심인 너의 몸짓을 보며, 바라보는 것이 괴롭다.
어릴 적 늦은 사월의 어느 날 군청 뜰의 은행나무 뒤에서
우리는 경찰서와 군청을 향해 몰려가는 사람들을 보았었
다.

돌멩이에 유리창이 부서지고
너는 군청 관사에 살던 사람들은 벌써 도망갔다고 말했다.
사람들은 모두 돌아가고,
돌멩이가 어지럽게 흩어진 마당을 건너 우리들은 관사로
갔다.
가구들만 덩그렇게 남은 집 안을 너는
흙발로 돌아다니고
나는 묵묵히 너를 지켜보고 있었다.

너는 여기저기에 낙서를 하고 구멍을 뚫으며
나에게도 하라고 손짓했다.
하지만 나는 벽에 걸린 사진 속의 집주인을 알고 있었다.

어머니가 자주 마실가던 그 집의 주인을,
나는 묵묵히 너의 장난을 지켜보고,
아버지를 따라 전학할 때마다 겪는 낯섦을 생각하고
전학 와서 처음 사귄 두붓집의 아들, 너에 대해 생각하고

몇 번 더 학교를 옮긴 뒤
아무 데도 뿌리를 내리지 못하는 어른이 되었다.
너는 소 장수가 되어 열심히 벙어리 손짓을 해대고
나는 열심히 너의 몸짓을 바라보며, 바라보는 것이 괴롭다.
열심인 너의 몸짓이 아름다운 만큼,
나 자신의 삶까지 바라보아야 하는 나의 말들이 괴롭다.

금남로에서

건물의 모서리와 모서리 위로
자유로이 제 모습을 펼쳐가는 구름
구름 사이로 보이는 푸른 하늘은 어찌 저리 욕될까

제 푸르름을 푸르름으로 떨치지 못하는 하늘은
무심히 푸르기만 한데
너의 푸르름과 나의 부끄러움 사이
지금 죽음 같은 투명함이 드리워진다

일찍이 용솟음쳐보지 못한 네 푸르름의 한가운데
그러나 남아 있는 기억들
아침의 첫 햇살처럼 네 푸르름을 씻고 간 선연한 핏자국
더운 피로 씻어 안고 간 가슴에선
얼마나 환한 하늘이 빛날 것인가

분노도 오히려 헛되리라 이곳에선
너의 푸르름과 나의 부끄러움 사이
지금 죽음 같은 투명함이 드리워지고
팔 잘리운 나무들이 묵묵히 하늘을 우러르는데

여전히 어디에나 번득이는 철조망
구름 사이로 보이는 푸른 하늘은 어찌 저리 욕될까

한탄강

몇 개의 검문소를 지나왔다.
잠시 멈춘 사이
유년대를 실은 뻐스가 군가를 흘리며 지나가고
삼·팔선 글자가 새겨진 돌 팻말 아래로 흐르는 새파란 강
물.

면회를 마치고 지척지척
연병장의 뙤약볕 속으로 멀어져가는
너의 앞뒤에, 아우야 빽빽이 철조망의 가시처럼 햇빛이 빛
나고 있었다.
너는 말했지, 숨막히게 조여오는 햇빛, 햇빛, 햇빛을.

그렇다. 이 땅에 태어나서
보이지 않는 곳 어디에나 감추어진 그물에 발이 걸리고
쓰러지고 쓰러져 돌아올 수 없는 마음이 될 때
몸 바꾸어 새파란 강물로 흐르는 것을

철망은 네가 지키는 곳에만 있는 것이 아니었다.
아우야, 몇 개의 검문소를 지나고
보이지 않는 철망과 보이지 않는 총칼이 날 선 도시에서

새파란 강물이 소리없이 흐르는 소리를 듣는다.

유엔탑

(제2한강교 입구에 버티고 서 있는 너의 그림자 속을
지나며, 되살아나는 것은 너의 월계관이 우리의 것일 수
없다는 깊은 수치심일 뿐)

빗속을 걸어가는 데모 대열을 향해
V자를 그리며 가는 백인 병사의 장난기처럼
너는 우리의 운명에 눈감은 채
거기 서 있었다.
지금은 강물 위에 비치던 너의 모습도 무너지고
공사장의 인부들이 네 월계관의 돌이파리를 들어 나른다.

너는 우리들의 잘리운 허리와 함께
영원할 수 없는 것.
그러나 너의 무너짐이 우리의 가슴속에
그림자를 거두어가지 못함은 웬일일까?
김포공항으로 내리는 둔중한
비행기의 동체가 웅웅거리며
가슴의 밑바닥까지 울리고
무서운 속도로 지나가는 벤츠의 푸른 유리 속에
비스듬히 누워 바라보는 눈길이

너의 그림자처럼 찐득이 가슴에 남는다.
또 누가 강물 위에 탑을 세우고 있는가.
우리들의 것일 수 없는 칼과 월계관을
누가 뜰 수 없어 눈먼 채로 흐르는 강물에 비추게 하는가.

탑이여, 흙은 너를 원치 않는다.
무심히 돌을 들어 옮기는 인부들처럼
흙은 피 흘림 뒤에도 남아 너의 부러진
칼 위에 풀을 키울 뿐
여기 누우리라, 흙처럼
우리들의 잘리운 허리를 덮을 수만 있다면
여기 누워 우리들의 가슴 위에 풀을 키우리라.

금강 하구에서

강을 건너라
교각 밑으로 강물은 휘황한 불빛을 담고 흘러가는데
미두(米豆)에 취해 계집애 취해 강변을 어른대던 사내들의
들뜬 목소리
출렁이는 물결 위에 불빛 따라 포말로 뒤섞이며 되살아오
는 듯
다리 위의 초소에선 보초 교대의 구령 소리.
뱃머리에 앉아 조는 아낙네의 이마엔
상처처럼 팬 주름이 깊다.

어둠을 담고 있는 함지 속
이제 다 팔린 뒤에 남아 몸부림도 잊은 채 누운 생선들처
럼
아낙네야, 한평생 몸에 밴 비린내로
너의 삶도 또한 누웠거니
이제는 몸부림도 잊은 채 물결에 흔들려가고
일어설 수 없는 마음들만 남아 숨죽여 강물 깊이 흐르는
구나.

눈물이리라 그것은

출렁이는 물결 깊이 쉬임없이 흐르는 그것은 통곡이리라.
큰 나라의 채찍에 몰려 나귀의 지친 방울 소리로 떠돌던
사람들
뜨거운 폭염에 아사하는
시디신 쌀알들이 이 부두에 쌓이고 있었으리라.

무엇이 나를 부르는가 물결이 소용돌이치는 그 깊이
어떠한 손이 있어 나를 부르는가?
강 건너의 저무는 하늘에는 포대처럼 솟은 굴뚝들
검은 연기를 뿜어 올리고
어깨를 움츠린 채 바쁘게 사람들은 몰려간다.
난간에 쓰러져 누운 사내여
무엇이 거기서 우리를 부르는가?
어린 시절 가슴속에 푸르게 타오르던 금강, 나의 어머니
수많은 죽음을 껴안은 채 이제 흐린 얼굴로 다가와서
어느 희디흰 손으로 나를 부르는가
흰 눈은 손짓하며 내려, 죽은 사내의 어깨를 덮는다.

다리

풀과 풀들을 지우고
물과 물들을 지우고
건넌다는 의미도 지우고
이미 규정되기를 거부하는 너는 우상처럼 아름답다.

어느 원시인의 낡은 습관처럼
네 위에서 물 속을 들여다보는 내가 너는 못마땅하겠지
나는 다른 말들을 가졌다.
너는 강을 부정하고, 네 부정의 말은 속력을 자랑하지만
나의 말을 차라리 너에게, 고대에 멸망한 어느 아름다운
짐승의 이름을 준다.
그러면 거대한 맘모스처럼 그 맘모스의 혈족들처럼
너와 나의 혈족들은 머리를 낮추어 강의 이쪽과 저쪽에서
물을 마신다.

사람과 사람에게 속한 것들은
언제부터 고개를 숙이지 않는 버릇을 배웠을까
나의 낡은 습관을 거부하는 너의 팽팽히 긴장된 힘살은 노
예의 속성.
새로운 말들을 가르쳐주겠다. 새롭고도 낡은 사랑의 말을

너의 거대한 배를 비추고 있는 강물을 보아라.
죽음과, 땀과, 눈물로 흐려진 저 흙을 보아라,

너의 속력은 길을 뚫지 못한다.
재빠르게 경계를 긋고 철망을 치고 담을 쌓고
너의 속력은 너의 화려한 소문처럼 길을 뚫지 못한다.
새로운 말을 가르쳐주겠다.
새로 시작하는 길을, 사랑을, 대지를, 무너지는 경계를
기나긴 사랑으로 흐르는 저 강물을

풀

그대 어느 곳에서 날 부르는가
어릴 적 혼자 넘던 산길
오포가 울고
뻘겋게 파헤쳐진 참호들이 꿈틀거리며 살아났지.

햇빛은 무너지고 있었어.
한여름 땡볕이 까맣게 무너져내린 어둠.
그대는 거기서 날 부르고 있었지
나는 한줄기 풀잎이었다.

한낮의 땡볕을 모두 빨아들인 풀잎.
열병을 앓았어. 기나긴 열병을
그대의 가슴을 꿰뚫었을 총알의 감촉처럼 뜨거운 피의 열
병을

배암이고 싶었지 뻘겋게 들끓는 황토를 기어가는
몸서리치게 차가운 배암이고 싶었지
그대 여기저기 거적에 덮여 누웠었다는 골짜기
바위 틈서리를 기어서 풀딸기도 빨갛게 피고 있었지
풀잎이었네 한낮의 땡볕을 모두 빨아들인

그대 함부로 누운 주검 앞에
쩽쩽한 요령 소리 풀잎이 흔들리고 있었네.

진혼(鎭魂)

떠나네.
적셔줄 물 한 방울 없이
햇빛은 차가운 사슬처럼 팔목을 파고드는데

피도 스미지 않는 바닥
찢어진 기폭처럼 비둘기는 떨어져내려
까마득한 현기증.
목마름만이 우리의 것일 뿐.

저 푸르게 엉클어진 봄도, 햇빛도
끝내 우리의 것은 아니었네
오, 저기 싸늘하게 날 선 칼날들
우리의 젊음에 파수 서고

삶은 죽음보다 기나긴 어둠
참음으로도 다 할 수 없었네
그대의 입술에 맺힌 핏방울
끝내 남은 말은 멍울져
가슴마다 터지는 피의 개화.

114

삶은 이러해야 할 것이네
삶은 이럴 것이네
손에 손을 잡고 언덕 위에 서는 날
끝내 남은 그대의 말은 멍울져 꽃피리니, 꽃피리니.

밥과 사랑과 자유와

너의 목소리 듣고 싶다.
사내야
늦은 밤 무너진 집터를 건너오면
여기저기 깨어진 불빛들, 웃음 조각들

낮은 지붕 밑의 불 켜진 창 곁을 지나며
매일의 밥과 사랑과 자유와
너의 목소리 안에서 흩어지는 웃음소리가 그리웠다.

살아가며 알겠노라고
미물의 하찮은 사랑마저도 얼마나 이루기 어려운가를
너는 한탄하고
맹세하고, 조금씩 분노하며
망설이듯 어둠 속을 멀어져갔다.

보인다. 사슬에 묶인 너의 모습
지금 어느 곳 차가운 바닥 위에 서서
입김을 불며 창살이라도 녹이고 있느냐
늦은 밤 무너진 집터를 건너오면
여기저기 깨어진 불빛, 웃음 조각들 그립다.

피아골에서 마신 약수 혹은 시(詩)

이것은 누구의 입김일까
투명한 말들 끊임없이 솟구쳐 흐르는
그 깊이 어떤 가슴이 있어 속삭일까
햇살은 어른거리며 물 속으로 번져가고
눈감으면 천년이 다 보일 듯 맑은 물결 흔들리는데
어떤 기다림이 이 투명함을 이루었을까
때때로 흙 속에 숯불처럼 묻힌 뼈를 스치고
이제 흙이 된 피와 살을 스치고
아직도 못다 이룬 넋들의 꿈을 스치고
다 잊은 듯이
차마 잊진 못한 듯이 맑은 입김 솟아오르네.
어떠한 불볕에도 마르지 않을 투명한 말들
다 잊은 듯이 그대와 그대의 상처에, 피에 깨어 있네.

풀잎

풀잎 속엔 찰랑찰랑 강물 소리 들린다.
얼음 밑을 시리게 흘러가는 강물
이상하다. 쨍쨍한 햇볕 속에서도
풀잎 속엔 흰 눈을 밟고 오는 발자국 소리

엄니야, 네가 돌아오는 벌판의 어둠이 보인다.
돌아보면 세상은 언제나 흰 눈으로 등뒤에 멈추어 있고
빨갛게 젖은 귀가 비인 바람 소릴 듣고 있을 뿐
세상 어디에 언 손을 녹일 한 뼘 지붕이라도 있었느냐.

엄니야, 풀잎 속엔 찰랑찰랑 강물 소리 들린다.
힘없는 글줄에 매달려
농약 공장 하루 일
물집 잡힌 네 손보다 못한 것을 시(詩)라고 부끄러워질 때
흰 눈을 밟고 오는 발자국 소리

이상하다. 쨍쨍한 햇볕 속에서도
시린 강물 소리 들리고
매운 바람에 쏠리는 따가운 불티
시리고 뜨거운 한 점 사랑.

무수히 쩽쩽한 햇볕 속을 흔들려온다.

성산동 시(詩)
—1970년대의 상경기

닫힌 교문 앞에서 교정에 주둔한 군인들을 보며 돌아서고
주위에서 자취도 없이 사라져가는 친구들을 생각하며
피를 흘렸다. 수세식 변기 위에서
꾸르륵거리며 빨아들이는 사기질의 매끄러움.

닫혀진 아르바이트 집의 문 앞에서
주인 여자의 매끄러운 얼굴을 떠올리며
매끄러움 위에 떨어진 핏방울들을 보았다.
비틀거리는 걸음으로 강둑을 오르면
강둑을 따라 낮은 포복으로 기어오르는 집들
멀리 난지도에선 푸른 머릿단을 흩트리며
내 처녀 같은 보리밭이 누워 있었다.
나는 농부처럼 걸어갔다.
난지도의 샛강으로는 수세식을 거부하고 끌려온 똥들이
화난 얼굴로 굳어 있었다.

나는 생각했다. 그 큰 보리밭을 경영할 만한 한 거인을
보리밭 아래쪽의 모래 위에선 분뇨차 인부들의 취한 그림
자가 흔들리고
저무는 햇빛에 푸른 보리들이 긴 그림자를 끌고 있었다.

이 보리밭의 주인은 누구일까?
영등포나 구로동의 길거리로 흔들려가는 풀잎들이 보였다.

어린이날에

신문을 읽으면
어린 시절 국민학교 복도가 생각난다.
눈 큰 애는 겁이 많다고 어머니는 늘 걱정하셨지만
비 오는 날 늦게 교실을 걸어나오다가
문득 부딪힌 반공 포스터의 그로테스크한 팔뚝들
나는 정신없이 빗속을 뛰어 돌아왔다.

어머니는 뜨거운 나의 이마를 만지며
아이들에게 그런 걸 그리게 한담, 혀를 차시고
커서 선생이 되어 웅변 원고 더미를 앞에 놓고
나는 읽을 수 없었다. 그 똑같은 증오의 말들.
어린 시절의 그 어두운 복도로부터
무겁게 강요해오는 하나의 목소리.

땡볕이 내리쬐는 6월의 운동장
달아오른 황토의 열기 속에서도
등허리를 타고 흐르는 소름에 나는 몸이 떨렸다.
울진에선가 죽었다는 그 아이는
왜 어린애답지 않은 그런 말을 하고 죽어야 했을까
엎드려 사죄해도 부끄러운 어른들은

그 아이의 죽음을 자신들의 승리처럼 시장에 내세우고
오늘 저녁 밥상머리에서 나는 신문을 찢어버렸다.
이제는 선생 노릇도 그만둔 나의 겁 많은 눈을
어머니는 걱정스레 바라보신다.

토끼풀 제거 작업

학교 마당에서 토끼풀들이 혼란을 시작했다.
처음엔 보이지 않던 것이
조금씩 잎을 내밀고 꽃을 피우고,
아이들이 교련 시간마다 못으로 그걸 파낸다.

아스팔트 위에 버려진 시든 줄기들
밥풀 같은 풀꽃들에 잠깐씩 벌들이 머물다 간다.
혼란도 꽃을 피우나?
혼란이 꽃을 피우나?
혼란만이 꽃을 피우나?

잘 정돈된 잔디밭을 볼 때마다
작은 땅뙈기에 부어진 엄청난 경영의 힘을 생각하고
명령의 남용을 생각하고
어릴 적 미군 부대의 담장에 붙어 있던 '접근하면 발포함'
의 표지판을 생각하고
넘을 수도 없는 철조망을 생각하고

토끼풀이 토끼풀로 보이지 않는다.
풀꽃이 풀꽃으로 보이지 않는다.

이제 시작해야겠다, 사랑의 말을
이제 시작해야겠다, 자유를, 혼란을,
파내도 파내도 처음엔 보이지 않던 것이
조금씩 잎을 내밀고 꽃을 피우고
토끼풀들이 마당의 한구석에서 혼란을 시작했다.
흔들리는 풀꽃, 풀꽃들.

큰 장수하늘소

국민학교 자연 시간,
큰 장수하늘소는 천연기념물이라고 떠드는
선생님의 눈을 피해
우리들의 집게벌레는 책상 위를 돌진하고 있었다.
삼팔선을 넘어 나의 집게벌레가 돌진하면
너의 집게벌레는 책상의 끝으로 몰리고
너는 주먹으로 내 집게벌레를 으깨버렸다.
싸움이 벌어지고

복도에서 벌을 서며, 너는 고아원을 탈출하겠노라고
여름 방학이 되도록 너의 책상은 비어 있었다.
사람들은 네가 빨갱이 자식일 거라고도 하고
어떤 아이들은 옥녀봉 부근 고구마밭에서 널 보았다고도
하고

나는 비어 있는 너의 자리 곁에서 항시 꿈꾸었다.
네가 땔감을 꺾으러 오르는 거대한 나무를
너는 잔가지를 툭툭 꺾어내리며 껄껄거리고
나는 힘센 장수하늘소처럼
네가 멀리 날아가는 것을 꿈꾸었다.

그러나 어느 겨울날 너는 돌아와
고드름이 매달린 고아원 추녀 밑에 햇빛을 쪼이고
철조망에 매달려 부르는 나를 향해 욕설을 퍼부으며
고드름을 따서 던졌다.

아무도 들여다보아서는 안 될 너의
그늘을 나는 들여다본 것일까.
돌아오며 나는 우리들의 그늘을 가슴 깊이
묻고 있었다.

비 노래

내 고향은 전라도 화순인데요
지금은 몸이 없어 갈 수 없어요.
서울 올 때 비단보에 고이 싸온 처녀몸은
오늘 보니 고운 재가 되어 있어요.
마음은 고향길 따라 꽈리를 불며
연못에 앉은 물오리를 쫓아보지만
이제는 몸이 없어 갈 수 없어요.
밤마다 흩어지는 재가 되어
고향집 추녀 밑에 서성거려도,
꿈을 깨면 술 취한 당신들의 허망한 새벽.
냉수에 섞이는 쌉쌀한 물맛으로나
섞여서 흐르다 스러져요
마음은 장성 갈재 구름으로 서성여도
이제는 몸이 없어 갈 수 없지요.

쥐불

어릴 적 아침 밥상머리에서 문득 집에 가야지 하는 생각에 벌떡 일어서면 기실 나는 집에 돌아와 있으므로 돌아가야 할 집이 없었다.

그래도 가야 할 곳이 어딘가 있다는 생각은 어쩔 수 없어 들판에 나와 서면, 들판의 끝 막막한 하늘이 부르는 소리에 취하고, 가시덤불 칡넝쿨에 얽혀 돌아오는 저녁, 진압될 수 없는 반란처럼 우리들이 피우던 불꽃.

지금은 도시의 어느 아파트, 문득 조여오는 벽들에 놀라 일어나, 막막한 어둠 속을 헤매다 찾아드는 너의 자취방, 꽁치 통조림과 빼갈을 앞에 놓고 무슨 말인들 어떠랴, 어릴 적 우리들이 피우던 불꽃, 지금은 도시의 어느 곳 칙칙하게 달라붙는 어둠을 잘라내는 우리들의 칼날, 우리들의 말인 것을.

고슴도치

고슴도치는 함경도 사투리로 고심이라고
어느 선배의 소설 속에 나와 있는 너는
지금 영등포 시장의 한구석
늙은 약장수 앞에 웅크리고 있다.
칼로 집적대면 등의 바늘을 곤두세우는
너는 소설 속에선 휴전선 비무장 지대에서 죽어간
순진한 소년 병사의 별명이었다.

죽은 선배의 소설 이야기를 듣던 날 밤
네 등의 가시 같은 빗줄기가
신설동 자취방의 양철 지붕을 두드렸고
우리는 어느덧 웅크리는 데 익숙해진 우리들의 등에
삐죽삐죽 솟아 있는 가시들을 보고 있었지만

살아가는 것은 정말 이렇게
자잘한 일들에 매달려 웅크린 채
등에 가시를 세우는 일일 뿐일까
너의 검게 반짝이는 작은 눈을 들여다보면
영등포 시장통의 포장 아래서
안쓰럽게 반짝이는 우리들의 눈 같고

휴전선의 가시 철망에 걸려
가시가 없어 죽을 수밖에 없었던 소년 병사의 별명은
너의 이름과는 사뭇 다른 고심이.
가시가 다 부서져 없어질 때까지 기어가고 싶은
우리들 절망의 이름이었다.

E.T.

어릴 때에 나는 검은 타이아표 통고무신을 신은 채
까맣게 그을린 배가 툭 튀어나와 있었고,
동네 논에 불시착한 헬리콥터에서
쑤알라거리면서 내리는 미군은
사랑이니 평화니 말하기에는 우주인처럼 생소해서
내 친구의 아버지는 망가진 벼값을 받을 수 없었다.

군에서 휴가 나왔을 때에 빌리 그레이엄이 왔고
여의도엔 삼백만인가가 모였고, 어머니도 그중의 하나였고
비가 오려고 했으므로 우산을 들고 어머니를 찾으러 갔고
삼백만은 기도하고 있었다.
사할린, 만주 등등에 있는 동포들을 구원해주시옵소서.

그때 가까이 서울에 있는 동포 중에는
밀린 임금을 받으려 단식하다 떨어져 죽기도 했으므로
나는 사람들이 갑자기 멀리 있는 것을 사랑하기 시작한 데
놀랐고
빌리 그레이엄은 요란한 소리를 내며
헬리콥터에 올라 여의도를 한 바퀴 돌았고,
사람들은 무슨 신음 소리를 냈으므로

나는 그가 대단한 우주인처럼 생각되었다.

그리고 빌리 그레이엄은 다시 왔다.
이번에는 어릴 때의 나처럼 배를 툭 내밀고
눈에서, 심장에서, 손끝에서 번갈아 불빛을 반짝이며
광화문에서, 종로에서, 영등포에서
사랑과 평화의 대군단을 이루었다.
더욱 멀리 있는 것을 사랑하라.
즉각적이고 무조건적인 사랑과 평화를 우주인에게
그때 서울에서는 모처럼의 봄이 지나갔고
사람들은 고개를 움츠리며 코트 깃을 세웠고
가까이 있는 것들은 무관심 속에 죽어가고 있었다.

들쥐 1

50년대, 서울을 사수하겠다고 호언하며
한강 인도교를 폭파한
이씨 왕조의 후예는 죽었다.

50년대, 국민 방위군 예산을 횡령
경주 시내를 굶어 죽은 시체로 채운
김창룡도 죽었다.

50년대, 술잔을 기울이며
한국인은 들쥐 같은 족속이라고
구제받지 못할 것이라고
예언하던 미 국무성 관리도 죽었다.

그들은 결코 몰랐으리라
쥐는 한국인의 꿈꾸는 혼인 것을

들쥐들은 끊어진 인도교의 위아래서 헤어졌지만,
매일 밤 콧구멍을 빠져나와 서로 찾아다니더니,
1980년대의 어느 날
벽 위에 살아 있는 표시를 했다.

아드를차씀니다.
한강따리폭파때헤어져씀
늘근에미가눈몬깜꼬이씀

들쥐 2

양화천 둑 밑의 브로크 더미 사이
너는 혼자 남아 바쁘게 오가고 있다.
시커멓게 녹슨 기계 밑의 어딘가로 너는 길을 뚫고,

너를 보면 문득
어릴 적 이삭을 줍느라 파헤쳤던 들쥐집.
이삭이 쌓인 쥐구멍을 보며,
이 쥐는 가난뱅이의 콧구멍에서 빠져나온 혼인가 봐.
중얼거리던 누이의 얼굴이 떠오른다.

무너진 집터를 오가며 겁을 먹는 너는
아직도 마음은 떠나지 못한 집 사람들의 혼이냐
망설이고, 겁내고, 살피다가 조금씩 길을 뚫고
기다리고, 지치고 잠들었다가 다시 이어보는
길과 길들의 사이에서

이제는 풀들이 조금씩 고개를 내밀고,
브로크 더미들이 조금씩 흙에 덮이고,
천변에 다닥다닥 늘어붙어 있던 판잣집 사람들이
공장 소음에 묻혀 떠나간 뒤에도

너는 남아서 너의 한세상을 이루고 있다.

오랑캐꽃 1

국민학교 수업 시간 교실 문을 열고,
선생님도 제쳐놓은 채
소매를 걷어 올려 잘려진 팔의 흉터를 우리들 얼굴에 디밀
고는
연필을 팔던 상이 군인처럼
당당한 흉터는 자꾸 당당해져 증오와 복수를 말하지만,

말해질 수 없는 흉터는 그늘에 몰려
옹기종기 담배를 피우다가, 찔끔찔끔 눈물을 찍어내곤 했
지.
아무렴 옛날 옛적 호란 때부터
사대부는 북벌론을 주장했지만
난리통에 몸을 버린 아낙네들은 버릴 수도 없는 오랑캐 자
식
눈물 어린 흉터는 지금도 오랑캐꽃 피우고 있지

아무렴, 아무렴, 동학년(東學年)에 쫓기어
노릿재에 숨어든 젊은 부부는
누를 수 없는 마음 벌겋게 숯불로 피우고,
눈물 어린 흉터는 녹두꽃으로 피우고 있지.

아무렴 당당한 흉터는 자꾸 당당해져 증오와 복수를 말하
지만

　말해질 수 없는 흉터는 그늘에 몰려
　옹기종기 담배를 피우다가, 찔끔찔끔 눈물을 찍어내다가,
　오늘은 하얀 종이꽃, 나무 위에 벽 위에 피우고 있지.
　그러나 아직도 말해질 수 없는 흉터는
　보이지 않는 산과 들 풀더미 속에
　오랑캐꽃, 녹두꽃, 이름 없는 꽃 피우고 있으니
　가난한 나라여, 아무리 가난할지라도
　이 눈물꽃 팔지 말아라.

오랑캐꽃 2

　만나면은 감추기도 하고 잊어버리기도 한 흉터로나 만나
지
　오랑캐꽃 서로 고개 부벼
　몸서리치는 밤은 갈수록 깊고
　제 나라 땅에서 오랑캐처럼 쫓기다.
　달빛 속에 파랗게 떤다, 오랑캐꽃
　만나면 서로의 상처에 부리를 박고,
　한 몸처럼 일어서 들판의 힘줄을 세우기도 했지.
　그러다 다시 몸 잃어 숯이 되면
　한라산이나 묘향산, 휴전선의 철조망 그늘에까지
　버려진 것들의 함성으로나 피었다가
　만나면 머리에, 손에 찍힌 낫자국, 칼에 벤 자국
　감추기도 하고 잊어버리기도 한 흉터로나 만나지

오랑캐꽃 3

사람 사는 일이
아름다움으로만 만나는 건 아니란다.
꽃잎은 꽃잎끼리
서로의 가슴속에 날 선 철조망을 손가락질하며 만나고
껴안아 철조망에 서로의 살이 찢기며 만나고
이윽고 상처는 상처끼리 혀를 대고
피는 피끼리 혀를 대고

사람 사는 일이
추악함으로만 헤어지는 건 아니란다.
꽃잎은 꽃잎끼리
몸 상하지 않으려 헤어지고
아프지 않으려 헤어지고
아름답기 위해 헤어지고
오래오래 피어 있으려 헤어지고

그러므로 오랑캐꽃이여
들쥐들이 오가는 풀섶에 피어
들쥐들이 스치기만 해도 꽃잎 떨구는
네 힘없는 줄기 밑에 내 노래를 둔다.

내 노래는
살 찢기고 피 흘려 만나는 노래
들쥐 발자국도 품고 있다가
이윽고 흙이 되어 만나는 노래.

섬진강

화개장날
어머니가 머리에 이고 가는 대바구니에
짙푸른 녹색으로 실려가던 섬진강은
오늘 보니 철산리 안양천변
붐비는 노점상들 사이를 청청하게 흐르고 있다.
희끗희끗 눈발이 흩날리면
사과 궤짝을 태우는 불티 속에서
검붉은 얼굴들이 불알을 구우며 낄낄거리다
노점 단속반과 싸우기도 하고
아들 못 낳아 소박맞은 장모님의 푸념이
불티 속에 뒤섞여 훈훈하게 부대끼기도 한다.
책방 도령이 무얼 하겠느냐고
고집을 피우는 장모님의 손수레를 따라가다 보면
문득 시흥쪽의 어둠 속에 떠 있는 불빛들이
강물을 거슬러오르는 은어 떼처럼
어둠을 반짝이고,
강물이 반짝이고 부대끼며 흐르다가
여울목에서 청청하게 되살아나는 소리를 듣는다.

무서운 영화

임신부는 출입을 금한다거니
한여름밤의 무더위를 싹 씻어드리겠다거니
미 M.G.M사의 무서운 영화 속에
메두사의 혼이 씌인 사내는 모습을 나타냈다.
그때는 처녀였던 아내는 한사코 무섭다고
내 옆구리를 파고들었지만
이 답답한 여자야
저것은 아스팔트처럼 우리를 파묻는 무서운 조직들에 쫓
기어
자신이 메두사의 능력을 받았다고 착각하는
순진하고 멍청한 사내의 이야기다.
그의 능력은 기껏해야 텔레파신지 뭔지 하는
원시적 수법을 사용하는 것
그는 어쩌자고 그 빈약한 능력으로 무서운 조직들과 대결
하려 한 것일까.

그는 핵 반대 데모를 텔레파시로 조종하였고
미국에선 개밥으로 쓰이는 식량이 없어
굶어 죽는 어느 나라에 폭동을 야기시켰고
그 폭동 진압을 위한 군사 회담에 가는

국무 장관의 비행기를 텔레파시로 폭파하였고
그로 인해 과학적인 것은 선이라는
도도한 표정의 여성 심리학자에게 뒤통수를 맞아 쓰러졌
다.

나의 사랑스런 메두사
그는 식물 인간이 되어서도 텔레파시를 사용했다.
굶주린 빈민들에 무관심한 영국의 귀족들이
거대한 성당의 보수 사업에 헌금하는 미사를 방해했고
이걸 눈치 챈 형사는 그의 팔뚝에 꽂혔던 수혈 주사를 뽑
아버렸고
그리하여 메두사의 혼이 씌인 그 사내는 죽었다.
그때는 처녀였던 아내는 그제야 안도의 한숨을 내쉬었지
만
이 답답한 여자야
저것은 잔인한 나라, 과학의 피 묻은 개선가지만
올해는 사글세 방을 전세로 옮길 수 있을까
길거리에 앉아 토정비결을 보는 우리들에게는
그 흔한 합법적 절차도 없는 사형 선고다.
메두사의 혼이 씌인 것으로 간주된 우리들은

누군가에 입이 막히어 죽움움

김교신

왜정 때 이 학교에 있었다는 그에 대해 사람들은 가끔 이야기했다. 그는 괴짜라고. 화학 선생이었던 그는 온 시간 내내 우리나라 역사를 가르쳤고, 시험 볼 때는 과학책 머리말을 보고 베껴 써라 했고, 우리말 맞춤법을 기준 삼아 채점을 했다고. 그래서 점수는 학생들마다 달랐다고. 그는 괴짜라고. 지금은 그렇게 하지 않아도 되는 시절이니까 안심한다는 듯 사람들은 말했고, 교무실 난로에서 불꽃은 타고 있었고, 따뜻한 안락감은 늘 말하고 있었다. 어느 시대건 제 먹고 사는 일에 방해가 되는 일을 하는 주제넘은 놈들은 괴짜라고. 김교신 그는 괴짜라고 불렸고 창 밖에는 몰아닥친 추위가 윙윙거렸고, 그가 괴짜라고 불리는 동안 그의 시대를 감쌌던 추위는 계속될 것이고. 불 앞에 설 수 있는 사람들의 대부분은 그를 괴짜라고 부를 것이었다.

돌

대학 교문을 나서는 날
우리가 던진 돌들이 우리의 뒤통수를 향해 날아올 거라고
말했을 때 너는 끝내 머리를 흔들었다.
우리가 무슨 일을 하든 마찬가지라고 했을 때
너는 끝내 머리를 흔들었다.
교문을 나서는 날도 껄껄거리며 너는 머리를 흔들었고

십 년이 지나도록 나는
뒤통수가 근지러워 우물쭈물 망설이며
망설임과 근지러움이 유일한 무기인 양
시원찮은 몇 편의 시를 쓰고 있었다.

그러던 어느 날 너는 문득 찾아왔고
당당해진 네 풍채 앞에서
나는 괜히 주눅이 든 채 취하지 않는 술을 마셨다
몇 마디 옛날의 기억들이 들춰졌고
너는 호탕하게 껄껄거리고
일어설 때에 너는 그럴 만한 명함을 내밀며
넌지시 말했다.
앞으로는 글쓰는 데 조심하라고.

그 말까지 너의 웃음에 삼키워져
껄껄껄껄 골목을 흔들었고,
갑자기 시작된 두통 때문에 나는
네 뒤통수를 향해 돌을 던질 수도 없었고
우리들이 던졌던 돌에 대해 말할 수도 없었다.

법

친애하는 예비 범법자 여러분
법무관은 말했다.
양철 콘세트 강당의 지붕은 달아올랐고
우리들은 우리들이 드디어 법을 어기는 날
받게 될 처벌에 대해
무관심한 채 졸고 있었다.

친애하는 예비 범법자 여러분
법무관은 말했다.
당신들은 어디서고 체포될 수 있습니다.
시멘트 바닥에 못이 박인 궁둥이를 들썩이며
예비 범법자로 남기 위해 소지해야 할
증명서들을 우리는 잊고 있었다.

그러므로 꿈속에서 우리들은 선고받아 마땅하고 있었다.
끝없이 계속되는 증명서 제출 요구
우리들은 변명처럼 계속되는 증명서를 꺼내는 데 지쳐
개가 되고 싶었고 휴식 시간마다
땅바닥에 코를 박고 잤다.

친애하는 예비 범법자 여러분
법무관은 말했다.
인간에게는 양면이 있습니다.
개가 되고 싶은 측면과 명예로운 군인이고 싶은 측면이
우리는 여러분이 개가 되지 않도록 돕고 싶습니다
예비적 군인이 아닌 군인으로 만들고 싶습니다.

그리하여 우리들의 도시에서는
개가 되고 싶은 우리들에 대한 가상 공격이 있었고
헬리콥터의 가상 기총 소사가 있었고
사람들은 말했다. 남북조 시대의 어느날
개가 되고 싶은 우리들에 대한 공격 기록이 있노라고

이 한국사

이상하다.
그곳에서 누군가 아직도 손을 흔들고 있다.
신채호를 읽는 밤에는
해방 40년에도 아랑곳없이
귀환하지 않은 무엇인가가 고집스레 거기 남아 있는 게 보
인다.
아버지의 제삿날
남루한 옷차림으로 들어서며
지금 만주에서 돌아오는 길이라고 껄껄거리던 아버지처럼
어느 날 문득 찾아올 무엇인가가 거기 남아 있는 게 보인
다.

지금은 오래 참고 견디는 어머니의 밤.
낯선 총칼이 주둔하는 거리마다
찢기운 상처를 덮으며 흘리는 어머니의 눈물이 넘치고
분노는 우리의 가슴 저 밑바닥
귀환하지 않고 있는 북만주 대륙의
차가운 흙 위에 내려선다.

해방 40년에도 아랑곳없이

귀환하지 않고 있는 부계(父系)의 역사를 본다.
우리의 가슴 깊이에서 깊이로
묶이운 사슬을 뒤흔들며 죽음을 단련하는
그리하여 쐐기풀, 억새풀, 개똥지빠귀
이 땅의 질긴 목숨을 찬란하게 피우고 올
무엇인가 거기 손을 흔들고 있다.

이

난리가 나려면 이가 들끓는다더라.
말씀하시는 어머니 곁에서
나는 혹시 조카 녀석에게 오른 것이 아닌가
옷을 벗어 검사한다.
온몸이 근지럽기 시작한 것이
이 때문이 아닌 줄은 뻔히 알면서도
나는 구태여 그놈에게 누명을 씌우려 한다.

기실 내 몸이 근지럽기 시작한 것은
몹시 피곤한 어느 날
아내가, 딸년이, 사람들이, 나를 파먹는 벌레처럼 보이고부
터이다.
나는 열심히 이를 찾는다.
아직은 아니라는 듯이
아직은 사람이 사람에게 벌레가 되어
서로의 몸을 스멀스멀 기어다닐 정도는 아니라는 듯이

하지만 나는 나오지 않는 이를 찾기에 지치고
어머니는 또 말씀하신다.
난리가 나려면 이가 들끓는다더라.

그래요. 어머니, 이제 바뀌어야 돼요.
사람이 사람에게 벌레인 이것은 무너뜨려야 해요.

그러나 어머니는 가엾어하는 눈빛으로 나를 보시고
또 말씀하신다.
우리가 하지 않아도 하느님이 다 알아서 하신다.
어머니의 말세론 뒤엔
신혼 시절 처음 교회에 다녔다는 북만주의 삭막한 바람이
불고
나는 또 늘 그 바람 속에 서서 어머니의 말세론을 부정한
다.

지문

구로동 동사무소에 주민등록을 갱신하러 오는 사람들의 5% 이상이 지문이 찍히지 않는다고. 그들은 대개 구로공단의 공원들로 과도한 노동으로 지문이 닳아 없어진 것이라고. 난롯가에서 잡담을 주고 받다가 우리들은 종이 울려 각자 교실로 흩어졌다.

이미 자랑일 것도 새로울 것도 없는 시간과 시간들. 명령형으로 가득 찬 교과서를 읽어가며 나는 지문을 닳아 없어지게 하는 기나긴 하역 작업을 생각한다. 끝없는 명령의 하역. 이미 나의 말에는 지문이 없다. 그리고 닳아 없어진 지문들이 나르는 명령형의 뒤에는 지문을 남기지 않으려는 조심스러운 손들이 장갑을 낀 채 누군가의 입을 틀어막고 있다.

수업이 끝나고 난롯가에 앉아 우리들은 다시 잡담을 한다. 교과서는 우리들의 일하는 조건이라고. 이것에 우리들의 의견이 반영되지 않는다면 우리들의 일이 지루할 수밖에 없다고. 그때 누군가 낄낄거리며 군대 이야기를 꺼낸다. 항명죄는 전시에 사형이라고!? 우리들은 되살아나려던 지문을 슬며시 벽에 문지른다.

총구

다리를 건널 때마다 검문소 위의 광고탑에서 그 여자는 웃고 있다. 주위에는 녹색의 초원이 펼쳐져 있고, 드문드문 사과나무가 탐스러운 열매를 달고 있고, 여자는 행복한 표정을 지으며 콜라병을 높이 들고 있다.

그런데 어제 다리를 건너다 보니 광고탑 수리를 하느라고 그 여자의 상반신은 뜯겨져 나갔는데, 그 여자의 웃는 입이 있던 자리에 기관총의 총구가 우리의 이마를 겨냥하고 있었고, 방위병이 기름 걸레로 문지를 때마다 싸늘하게 반사된 햇빛이 발사되고 있었다.

그때부턴가 TV의 화면을 볼 때마다 나는 총구를 느낀다. 웃는 여자의 흰 이빨 뒤 목구멍에서, 한 오백 년 살겠다고 너털웃음을 웃는 유복한 할아버지의 동공 속에서 철커덕 노리쇠 후퇴 전진하는 소리가 울리고, 사살된 나뭇잎들이 이 땅의 추운 계절로 내려서는 게 보인다.

장난감 왕국
　—딸에게

엄마가 사다 준 인형은
머리칼이 모두 금빛이란다.
왜 그런지 알겠니 아가야.
파란 눈을 깜박이는 인형을 보고
너는 까르르 웃기만 하는구나.

할머니가 사다 준 들판에는
침엽수가 울창하게 서 있고
카우보이가 인디언을 감시하며 역을 지킨다.
왜 그런지 알겠니 아가야.
혼자서 달리는 기차를 보고
너는 까르르 웃기만 하는구나.

삼촌이 사다 준 탱크에는
U.S.A.와 나란히 KOREA의 마크
혼자 움직이다가 요란하게 붉은 빛을 반짝이며
금간 방구들에 포탄을 퍼붓는다.
왜 그런지 아니 아가야.
앵앵 달리는 순찰차를 보며
너는 까르르 웃기만 하는구나.

미안하다. 아가야
장난감 왕국은
네가 살아서는 안 될 식민의 왕국
나는 너와 함께 왕국을 떠나
잠자리라도 잡으러 가고 싶다.
너는 내 슬픈 눈을 보며
까르르 웃기만 하는구나.

한강

아침마다 뿌옇게 흐린 차창 밖에서 강은 뒤척이며 깨어나
고 있다.
털어내지 못한 악몽처럼 흔들리는 물안개 속으로
버드나무가, 잡초 더미가, 물웅덩이가, 모래 채취선들이, 뼈
대만 서 있는 다리의 기둥들이
다리를 건너는 사람들의 잡다한 절망처럼 눈을 부비고

죽은 청둥오리가 움직이지 않는 물가에 고개를 처박으면
날개를 퍼득이며 또 한 마리 또 한 마리 청둥오리들이 죽
은 놈 곁에 날아와 앉는다.
한강물을 맑게 하는 일은
우리 근대사를 해독하기만큼 어렵다고, 날개를 퍼득이는
청둥오리는 속삭인다. 죽은 놈에게

그래도 우리는 이곳에서부터 시작해야 돼
죽은 친구는 탁자에서
핏발 선 눈을 들며 히죽거리듯이 말했다.
꿈일까? 청둥오리들이
한 마리 또 한 마리
절망처럼 고요한 물위에 내려앉는다.

강의 아침은 조그만 속삭임들로 깨어나고
문득 절망처럼 고요한 물이
하늘에 가까이 닿으려는 듯 날개를 퍼득인다.
죽은 새들이, 죽은 물이, 죽은 풀들이, 죽은 사람들이
조그만 날개로 조그만 날개로 그래도

날개

자식놈의 맑은 눈을 들여다보면, 자기보다 더 큰 사람이 그 작은 몸에 들어 있는 것 같다는 친구의 말을 듣고 돌아오는 날 딸년이 어깨를 다쳤다. 옷을 벗기다가 팔이 빠진 것 같다는 딸애의 늘어진 어깨를 살피다 보니, 문득 겨드랑이에 찢어진 조그만 날개가 보인다.

옛적에 지리산 정기를 타고난 아기 장수 겨드랑이에 날개가 돋았다더니, 이 땅의 정기를 타고난 모든 아이들의 겨드랑이에 그것은 돋았나 보다. 옛적에 겁많은 부모들이 그 날개를 불로 지졌다더니 아내의 작은 실수를 미워하기보다 아이들에게 살아남기 위한 말을 가르치는 우리들을 생각한다.

어느새 이 땅은 아이들 속의 더 큰 사람들을 두려워할 만큼 헐벗었다. 살아남아야 한다는 말, 증오의 말, 내가 가르치는 책 속에는 금고를 껴안고 내가 망하면 너희들도 다 망하는 거야, 불길한 표정으로 중얼거리는 상인이 있다. 어느덧 명령조로 되어가는 말들 말들. 책장을 넘기는 소리 속에 아이들의 찢긴 날개 소리가 자꾸만 섞인다.

차력사

힘살의 순간적인 반짝임.
맥주병의 주둥이가 깨져 달아난다.
힘살 속에서 부서져 흩어지는 힘처럼
그의 얼굴에서 흔들리는 불빛
표정만큼이나 굳어버린 채
그의 내부에서 넘어지는 또하나의 그

그는 구경꾼을 훑어본다.
누가 그의 거기 있음을 믿는가.
순간 속을 꿰뚫는 힘만이
힘살 위에서 사람들을 비웃는다.

그는 자꾸만 병을 깨뜨려간다.
그는 안다.
그의 내부에서 쓰러진 그 자신을
아무도 일으켜줄 수 없음을
구경꾼들이 포장 밖에서 지폐를 지불할 때
그는 영혼의 지폐처럼
쓴 미소를 손바닥 위에 올려놓는다.

시대의 어둠을 뚫는 꿈
― '불꽃'과 '풀'의 노래

심선옥(문학평론가)

1. 무너진 꿈의 원형을 찾아서

80년대를 떠올리지 않고 김진경의 첫 시집 『갈문리의 아이들』에 대해 말하는 것은 불가능하다. 80년대가 삶의 전환점이 되었던 사람들에게 그것은 고통스런 일이다. 그들의 한 생애가 군부 정권과 맞서 싸우는 데 소진되었다. 많은 사람들이 상처를 입었고 때로 죽기도 했다. 그러나 삼십 년간 지속된 군부 정권이 끝난 뒤에도 권력과 자본의 지배는 더욱 교묘하게 관철되고 대부분의 사람들은 여전히 고통 속에 남겨져 있다. 무엇이 잘못된 것이었을까. 어디에서부터 다시 시작해야 하는가. 혼돈과 반성과 침묵 속에서 90년대를 보냈다.

90년대의 마감을 앞두고 발표한 장편소설 『이리』에서 김진경은 이렇게 말한다. "한 시대가 지나갔어…… 어쩌면 한 시대를 그 스멀스멀 피어오르는 어둠과 싸운 건지도 모르겠어. 그래서 이겼다고도 할 수 있지. 그게 꼭 우리가 싸웠기 때문에 무너진 건 아니지만 어쨌든 냉전의 벽은 무너졌으니까 그렇다고도 할 수 있는 거야. 그런데, 길이 잘 안 보여. 우리의 꿈도 그와 함께 많이 무너졌기 때문일까?"(『이리』, 실천문학사, 1998, 199쪽) 그의 말처럼 시대의 어둠과 싸우는 동안 우리의 꿈이 함께 무너져버린 때문인지도 모른다. 그렇다면 지금 우리에게 필요한 것은 다시 꿈꾸기 시작하는 일이리라. 무너져버린 꿈, 그 꿈의 원형을 되찾아나서는 마음으로 시집 『갈문리의 아이들』을 지금, 다시, 읽는다.

2. '불꽃'의 노래

5월의 광주로부터 시작된 80년대는 어둠의 시대, 죽음의 시대였다. 학살을 지휘한 자들이 권력을 잡고 있는 한, 80년대를 살았던 누구도 광주의 죽음으로부터 자유로울 수 없었다. 그것은 인간이 인간으로서 존재하기 위한 최소한의 조건이자 권리였다. 그러나 그 최소한의 권리를 실천하는 데조차 죽음을 각오한 결단이 필요할 만큼, 시대의 폭력과 어둠이 깊었다.

김진경은 대학 3학년 때인 1974년에 『한국문학』 신인상

시 부문에 당선되면서 등단했다. 그의 초기 시들은 자아 내면의 갈등을 빛과 어둠의 추상적인 이미지를 통해 주로 표현했다. 그러나 80년 5월 이후 자족적이고 비유적인 시의 세계를 벗어나 시와 사회, 시와 역사가 소통하는 방법을 모색한다.

저 소리를 알 수 없어요. 나를 부르는
저 흙을 알 수 없어요. 나를 부르는
이제 상관없는 어느 곳에서 누가 울고 있는지
한 오리 머리칼의 흔들림까지 내 피의 쑹얼거림으로 전해 오네요
누구의 죽음이 눈을 뜨고 있나요
저 다져진 검은 흙 속엔
누구의 못다 이룬 사랑이 불꽃으로 고이고 있나요
무엇이 나에게로 와서 불꽃이 되나요
무엇이 나에게로 와서 지울 수 없는 사랑이 되나요
알겠어요, 나의 눈물은 나의 눈물이 아님을
알겠어요, 이제 나의 노래는 나의 노래만이 아님을
이제 상관없는 어느 곳에서 누가 울고 있나요
그치지 않아요, 멍석말이 작두 밑에 허리가 잘리워도
흙에서 흙으로, 바람에서 바람으로 번져가는 이 노래는
　　　　　　　　　　　　　　　　　　─「비갑이의 창」 전문

비갑이는 양반 출신의 판소리꾼이라고 한다. 비갑이가 양

반의 안락한 삶을 버리고 사회적 천덕꾸러기인 판소리꾼이 된 것은, 자신의 피와 혼을 부르는 알 수 없는 누군가의 울음소리 때문이다. 차마 눈감지 못하고 죽은 이의 "못다 이룬 사랑"이 비갑이에게로 와서 불꽃이 되고, 사랑이 되고, 노래가 되었다. 그는 "이제 나의 노래는 나의 노래만이 아님을" 깨닫는다. 이 시에는 80년 5월의 광주를 삶의 전환점이자 시의 전환점으로 끌어안고자 하는 김진경의 자기 선언이 들어 있다.

그러나 이를 실천하기 위해서는 "소스라쳐 일어나 흐르는 식은땀, 가야 하리／오, 가야 하리／몸은 다 버리고 새파랗게 날 선 소리로만 가야 하리"(「이화중선」) "네 형제들과 이웃들이 돌아가던 더 큰 죽음 속／너의 칼날 위에 우리를 세우라"(「꽃」)와 같은 결의만으로 충분치 않다. 김진경은 개인의 실존적 결의를 사회적 진정성과 결합시킨 위에, 광주 민중항쟁의 의미를 거대한 역사의 흐름 속에서 새롭게 규정하고자 호흡을 길게 늘인다. 장시 「지리산」은 1894년 갑오농민전쟁에서 1980년 5월의 광주로 이어지는 백여 년의 한국 근대사를 어둠과 대지와 불꽃의 이미지로 형상화한 수작이다.

본디 어둠에서, 너의 어머니인 대지에서 태어났으니
이제 어둠의 심연 깊이 돌아가 불꽃을 단련할 뿐
어둠은 더 깊이 체험되고 불꽃은 더 세차게 타오른다
일어서라 반야여, 일어서라 천왕이여, 일어서라 세석평전이여

너의 순한 이마로 하늘을 밀고 일어서 너의 불꽃을 대지 깊
이 뿌려라.

(······)

1894년 오월 십일 신새벽
네 불꽃의 첫하늘은 열렸다.
동진강 가 찬 새벽을 걷는 걸음이 온 대지의 불꽃을 깨우고
너에게서 내리는 빛은 너와 대지 사이의 깊은 어둠을 뚫었
다.
너는 보았느냐, 처음으로 어둠에서 떠오른 대지의 모습을
천왕과 반야의 혼례, 빛과 빛의 이어짐

—「지리산」 중에서

이 시는 한국 근대사의 전개 과정을, 대지를 덮은 '어둠'의
세력과 그에 맞서 사랑과 생명을 불러일으키는 '불꽃'의 대
립으로 형상화하고 있다. 그런데 '어둠'과 '불꽃'의 대립은
단순히 적대적인 형태로 존재하지 않는다. 오히려 '불꽃'은
'어둠'의 심연으로 돌아가 '어둠'을 더 깊이 체험함으로써
단련되고 더 세차게 타오른다. 여기에는 대지와 역사가 "본
디 어둠에서" 태어난 것이라는 김진경 나름의 역사 인식이
깔려 있다(이것은 그가 절대로 낙관주의자나 낭만주의자가 될
수 없는 이유이기도 하다). 따라서 그에게는 전의를 다지거나
'불꽃'을 피워올리는 일보다 '어둠'의 실체를 직시하고 온몸
으로 시대의 '어둠'을 체험하는 일이 더욱 중요하다. 그럴 때

비로소 "오랜 기다림으로 솟는 순수한 대지"(「파도가 전하는 소식」) "죽음이 스스로 우리들의 가슴에 기르는 기름진 대지"(「갈문리의 아이들 7」)를 만날 수 있기 때문이다.

김진경은 「갈문리의 아이들」 연작시에서 자신의 내면에 존재하는 '어둠'을 통해 시대의 '어둠'을 정면으로 바라보기 시작한다.

 겁 없는 갈문리의 아이들 뒤에서
 낯선 눈으로 보던 죽은 이들의 집.
 갈문리의 아이들이 줍는 총알과 집게벌레
 내 열병의 이불 속에서 죽음처럼 손에 익어
 비로소 홀로 가보았다. 버려진 참호 위의 풀잎들
 떨리는 몸으로 그 산의 풀잎 다시 밟으며
 나는 갈문리의 아이들이 되어가고
              —「갈문리의 아이들 1」 중에서

 영말리의 야트막한 물가.
 황새들이 흰옷 입은 농부들처럼 서 있었다.
 우리가 외발로 서면 외발로 서서
 끊임없이 물 속을 바라보았다.
 그러다가 학살된 영말리의 사람들.
              —「갈문리의 아이들 3」 중에서

한국전쟁 직후에 태어나서 자란 김진경의 내면에는 어린

시절에 경험했던 전쟁과 죽음에 대한 공포가 뚜렷하게 자리 잡고 있었다. "산을 삥 둘러 참호가 남아 있고 학살터라고 하는 폐가와 우물이 남아 있는 산길을 대낮에 혼자 가고 있을 때 읍내에서 정오를 알리는 오포가 울었다. 온통 햇빛이 까맣게 무너지는 듯한 공포감, 어지러움. 우리의 유년기는 전쟁의 상흔 속에 놓여 있었다"(「떠돌기와 자아 찾기」, 『삼십 년에 삼백년을 산 사람은 어떻게 자기 자신일 수 있을까』, 당대, 1996. 240쪽). 이처럼 이유를 알 수 없이 외부에서 주어진 어린 시절의 공포는 그의 내면에 깊은 어둠과 상처를 남겼다.

그러나 "이젠 이념도, 조국도, 민족도 아닌/먹는 자와 더 먹으려는 총칼"(「귀향」)에 의해 저질러진 또한번의 학살은, 그에게 더이상 어둠과 죽음의 세력을 용납해선 안 된다는 것을 본능적으로 일깨웠다. 그는 다시 '갈문리의 아이들'로 돌아가서 학살이 남긴 공포와 상처를 직시한다. 그리고 "마치 무덤 속에서처럼 다 잊은 듯이" 침묵하며 살아가는 갈문리 사람들의 "숨은 피와 통곡 속에 살아 있는 불꽃"을 본다. 이러한 과정 속에서 김진경은 자신의 내면적인 상처와 80년대의 어둠을 관통하고 있는, 역사와 민중의 잠재된 힘을 확인하게 된다.

자신의 주관적인 내면 체험을 통해 역사와 민중이라는 거대 서사를 포용하는 김진경의 시세계에 대해 서정시의 고유한 방법 — '세계의 자아(自我)화'를 논할 수도 있겠다. 하지만 중요한 것은 방법이 아니라, 자신의 내면에 존재하는 갈등과 상처와 어둠에 대한 시인의 고통스런 자기 응시이다.

시의 진정성과 현실성은 이러한 고통스런 자기 응시와 자아 성찰 속에서 실현된다. 그렇기 때문에 시인은 언제나 자신이 살아온 삶의 전체, 그 무게를 온몸으로 견디며 세계와 맞서 있는 자일 수밖에 없다. 김진경의 시가 지닌 진정성과 현실성도 바로 여기에서 나온 것이다.

3. '풀'의 노래

80년대를 뒤덮었던 죽음과 어둠의 그늘, 고통스런 자기 결단만이 『갈문리의 아이들』에 존재하는 것은 아니다. 김진경은 작은 소리나마 꿈을 이야기한다. 시집의 구석구석에 암호처럼 박혀 있는 '풀/풀꽃/풀잎'의 형상이 바로 그것이다. '풀'은 그의 시에서 가난하고 소외된 이들과 시인 자신에 대한 비유이자, 또한 그들의 지친 삶을 위로하는 순결하고 아름다운 영혼이다. 그는 어릴 적 동네 뒷산의 참호 위에서 죽은 자들의 혼으로 되살아나던 '풀'을, 지금은 서울의 버려진 땅—공사장의 무너져내린 흙더미 사이에서, 달동네의 시궁창 곁에서, 공해로 죽어가는 한강에서, 막노동으로 지친 영등포나 구로동의 밤거리에서, 미군 철수지의 버려진 고철 더미에서 다시 발견한다.

노을 속으로 여의도가 솟아오르고,
강바닥에선 풀들이 집을 짓는다

저녁이면 강을 건너 돌아오는 사람들
그들의 목소리가 강바닥에서 껄껄 웃고

풀 위를 걷는 동안 사람들은
풀이 되어 돌아온다
흙 묻은 작업복을 툭툭 털며 사람들은
영등포의 심장으로 풀을 실어 나르고
밤이 되면 영등포는 풀의 도시가 된다

　　　　　　　　　　　　　　—「영등포」중에서

　김진경의 시에 나타난 '풀'의 형상은 김수영의 「풀」을 떠올리게 한다. 실제로 김진경의 첫 시집에는 김수영의 흔적이 적지 않게 발견된다. 중요한 시적 형상인 '풀' '폭포' '바람'이 그러하며 「목련」「다리」「바람」「이 한국사」 등은 김수영의 작품(「전향기」「현대식 교량」「절망」「이 한국문학사」 등)을 의식적으로 패러디했음을 보여준다. 또한 그가 "새로운 말들을 가르쳐주겠다. 새롭고도 낡은 사랑의 말을 / (······) // 새로 시작하는 길을, 사랑을, 대지를, 무너지는 경계를 / 기나긴 사랑으로 흐르는 저 강물을"(「다리」)이나 "허공에 집을 짓는 것은 자유를 아는 나무의 정신일까?"(「거미 2」)라고 노래할 때에도 그 배후에서 김수영의 목소리를 들을 수 있다.

　그와 비슷한 연배로 비슷한 시기에 첫 시집을 발표한 이성복과 황지우의 시에서도 김수영의 영향이 나타나는 것으로 보아, 이것은 그 세대의 일반적인 경향으로 보인다. "나는 모

시대의 어둠을 뚫는 꿈　173

리배들한테서／언어의 단련을 받는다"(「모리배」)라고 선언했던 김수영에게서 이성복과 황지우가 물려받은 것은 규범을 깨뜨린 '자유'였다. 이들은 속도감 있는 문체와 자유 연상, 풍자, 과감한 형식 파괴 등을 통해 시와 정신에서 그 '자유'를 실현했다.

이와 달리 김진경은, 김수영의 집요한 자기 응시와 현실참여 의식에 뿌리를 대고 있다. 그리고 김수영이 마지막으로 남긴 '풀'의 형상은 그의 시를 통해 확장되고, 새로운 의미로 되살아났다. 그는 획일화된 통제와 억압을 깨뜨리는 풀꽃들의 보이지 않는 혼란을 감지하고 "우리의 가슴 깊이에서 깊이로／묶이운 사슬을 뒤흔들며 죽음을 단련하는／그리하여 쐐기풀, 억새풀, 개똥지빠귀／이 땅의 질긴 목숨을 찬란하게 피우고 올／무엇인가"(「이 한국사」)를 꿈꾸면서 "작은 풀들의 아픈 사랑까지 모두 보여요"(「이별가 1」)라고 말한다.

김진경의 '풀'은, 미래를 향해 열린 꿈뿐만 아니라 과거와 현재의 보이지 않는 작은 반란과 아픈 사랑까지 끌어안는 행위 속에 희망이 존재한다는 것을 보여준다. 이것은 자기 자신 속에 내재한 '풀'의 꿈과 '풀'의 반란과 '풀'의 아픈 사랑을 끈질기게 응시함으로써 얻어진 것이다. 바로 여기에서 80년대와 시집 『갈문리의 아이들』이 품고 있는 꿈의 원형을 찾을 수 있다. 이를 바탕으로 김진경은 개인의 실존적 지반과 사회 역사적 책임이 일치하는 시와 삶, 고통과 회의와 절망조차 미래를 위한 꿈꾸기 안에서 소중한 씨앗이 되는 인간적이고 자유로운 운동의 길을 모색해나간다.

문학동네 포에지 2026
갈문리의 아이들

ⓒ 김진경 2001

초판인쇄 | 2001년 1월 16일
초판발행 | 2001년 1월 26일

지 은 이 | 김진경
책임편집 | 이진영 정미영 조연주
펴 낸 이 | 강병선
펴 낸 곳 | (주)문학동네
출판등록 | 1993년 10월 22일 제22-188호

주   소 | 136-034 서울시 성북구 동소문동 4가 260번지 동소문빌딩 6층
전자우편 | editor@munhak.com
            하이텔 : podo1
            천리안 : greenpen
전화번호 | 927-6790~5, 927-6751~2
팩   스 | 927-6753

ISBN 89-8281-353-5 02810

www.munhak.com